光文社文庫

文庫書下ろし&オリジナル／傑作推理小説

誰かのぬくもり

新《にい》津《つ》きよみ

光　文　社

目次

お守り

――

「捨てる」

1

乾いたバスタオルをたたもうとしたとき、爪の先がパイル地の糸の輪に引っかかった。河合《かわい》純子《じゅんこ》はふと手をとめて、使い古して色の褪《あ》せたそのバスタオルをしみじみと見つめた。もう何年使っているだろう。夫の親戚の結婚式の引き出物だから、もう五年、いや、六年になるだろうか。

吸水性に優れていると評判のブランドもののバスタオルで、もらったときは「ブルーグレー」と表示される色だったが、いまは青が抜けて灰色に近い色になっている。使い始めのふっくらふんわり感は失われたものの、柔軟剤を使えばまだかろうじて柔らかさが保たれている。

顔に近づけてみる。臭くはない。使うたびに洗濯はしているが、ときどき漂白剤を使っているので嫌な匂いはしない。

——破れて穴が開いたり、カビが生じたりしないかぎり、使い続けてもかまわないんじゃないかしら。

純子はそう思っていたのだが、今日、テレビで家事評論家の肩書きを持つ女性が「子供の肌着」について話しているのを聞いて、考えを改めたのだった。

「肌着にも寿命があります。何度も洗濯を繰り返して繊維が傷むと、吸水力が弱って汗を吸い取りにくくなります。それが、あせもやかぶれの原因になります。体型を補正する機能も低下しますから、身体の成長にも影響を及ぼしかねません。ですから、お母さん、こまめにお子さんの肌着を新しいものに取り替えてください」

年配の家事評論家の説明を聞いて、そうか、と純子は目を見開かされた気がした。子供の肌着は、こまめにチェックしないといけない。

ものには寿命がある。捨てどきがある。

だが、その寿命や捨てどきがよくわからないものが家の中にはあふれている。防虫剤のように効果が及ぶ期間が明らかで、簞笥《たんす》に入れてから何か月かたって「おわり」と表示が出るものはいい。はっきりとその寿命がわかるからだ。だが、「賞味期限」や「消費期限」のある食品とは違って、衣類やタオルやシーツなどの場合は、「使用期限」が明記されてはいない。

しかし、今日、家事評論家が一つの目安を示してくれた。

「捨てるのはもったいない、とおっしゃる方は、雑巾として使ってみてはどうでしょう」

タオル類であれば、雑巾の前に、足拭きマットとして使うこともできるかもしれない。

純子はそう思ったが、バスタオルとして使っていたものを本来の用途からはずれて使う気にはなれなかった。

「いままでありがとう」

たたんだ洗濯物からバスタオルを取り除いて、純子は礼を言った。これは、もう捨てどきだろう。

――あれも、いよいよ捨てどきね。

純子は、テーブルへと視線を移すと、過去を顧《かえり》みた。

2

純子が高校三年生のときだった。

夏休み前に、母方の祖母は心臓を患って入院した。二週間ほどの入院で容態が少し回復し、退院して自宅療養となってから、ちょうど夏休みに入ったこともあり、一人で母の実家のある松江に見舞いに行った。「夏休みを過ぎると、あなた、忙しくなるでしょう？　いま会っておかないと、もうおばあちゃんには会えなくなるかもしれない」と母に言われて、純子は寂しくてたまらなくなった。

大好きな祖母だった。祖母は当時、まだ七十歳くらいだったと思うが、病気のせいか、びっくりするほど老けて見えた。暗い奥座敷に祖母のふとんが敷かれていた。母の実家には伯父の家族もいたのに、なぜ、あのとき、部屋に二人きりになったのか、純子はよく憶えていない。憶えているのは、祖母の枕元に水差しと琉球ガラスのようなきれいなルビー色のグラスが置かれていて、祖母の身体から粉薬の匂いが立ち上っていたことだった。

「おばあちゃん、早く元気になってね」

「人には寿命ってものがあるからね。そろそろお迎えだよ」

「そんなこと、言わないで」

励ましているうちに、涙が出てきた。

純子の母は京都の大学へ行き、そこで純子の父と知り合って、卒業後にすぐに結婚した。交際スタート時に純子の父はすでに会社員で、その後、横浜に転勤になった。それからずっと横浜に住んでいる。小学生時代までは年に三度、中学生になってからは年に一、二度、母の帰省につき合って松江にきていた。だが、高校に入ってからは学業や部活が忙しくて、足が遠のいていた。したがって、祖母と会うのは三年ぶりである。

短い滞在でも密度は濃かった。純子は、祖母からいろんな話を聞くのが大好きだった。なぜか、祖母にも純子にしかしない内容の話があった。「これは純子にだけ話すけど」と、必ず前置きして不思議な話を切り出すのだった。

「さっき、縁側に裏のおじいちゃんがきて話して帰ったんだけど、ひげを半分剃るのを忘れてておかしかった」

などと、祖母は笑って話す。

――ああ、裏に住んでいるおじいちゃんの話か。

純子がそう思って聞いていると、

「昔はすごくおしゃれな人で、ひげの剃り忘れなんてなかったのにね」

と、祖母は肩をすくめてまた笑う。

あとでまわりに確認すると、裏のおじいちゃんはひと月前に亡くなって、葬式を済ませているという。

――おばあちゃんは、死んだ人たちと普通に交流している。そして、そのことを話す相手はわたしだけなのだ。

かなり幼い時期にそれがわかっても、純子の中に怖いという感情はわき上がってこなかった。かわりに抱いたのは、わたしは特別という優越感と、なぜ自分は祖母のように幽霊が見えたり、幽霊と話したりできる体質にならなかったのだろう、という悔しさだった。

夏休みのあの日、その祖母がふとんの中に手を差し入れて何かを取り出すと、純子に差し出してきた。

「来年、大学受験でしょう？　これを持っていれば大丈夫。きっと志望校に合格するよ」

「どこかの神社のお守り？」

紐のついた小さな赤い巾着袋《きんちゃく》を受け取って、純子は聞いた。

「これはおばあちゃんのお手製。着物の端切れで作ったの。中に入っているのは砂だよ」

「どこの砂？」

「秘密の砂。京都より西の砂なのは確かだけど」

「どうして、京都より西の砂なの？」

「おばあちゃんは、京都より東に行ってはいけないから」

どうして、京都より東に行ってはいけないのか、理由は教えてもらえなかったが、そのときは「なるほど」と納得した純子だった。祖母は横浜には一度も来ようとしなかったからだ。結婚前の挨拶のときに顔を合わせたきりの娘の夫、つまり、わたしの父が嫌いだからだ、とそれまで純子は勝手に解釈していたが、どうやらほかの理由があったようだ。理屈では説明がつかない、そうしたおかしな制約を自分に課している点も祖母をミステリアスな存在に見せていて、純子の目にはすばらしく魅力的に映ったのだ。

「神社のお守りはどうすればいいの？」

湯島天神のお守りを手に入れたばかりだったので、気になって尋ねてみた。

「神社のお守りというのは、効果は買ってから一年だね」

「効き目が一年って、誰が決めたの？」

「お守りを作るときに、そう念じて作ってるんだよ。初詣のときに買えば、翌年に新しいのを買って、古いお守りは納める。安産祈願のお守りは、無事に出産したら、お礼を言って納める。そういうふうに循環していかないと、神社は儲からないでしょう？　でも、おばあちゃんのこのお守りは違う。効果はずっとずっと、永遠にある。だから、これだけ持っていれば大丈夫。必ず、純子を守ってくれるから」

祖母は、手を伸ばして純子の頭を撫でると、そう言って微笑んだ。

3

――誰にも見せるな。

そう言われたわけではなかったけれど、横浜の自宅に帰ってから、純子は祖母からもらったお守りを両親には見せなかった。

自分の部屋で、改めて巾着袋の中を見てみた。透明なケースの中にさらさらした茶色い砂が入っている。砂時計に使われているような粒子の揃ったきれいな砂だ。ケースには蓋がついていたが、砂がこぼれ出てしまいそうで、開けるのはやめた。

――そんなに強力なお守りだったら……。

自分の願いもきっと叶うはずだ。純子はそう考えて、松江から帰宅した翌日から、毎朝、毎晩、お守りを握り締めては一心不乱に祈った。「どうか、おばあちゃんが元気になりますように。長生きできますように」と。

だが、願いは叶わなかった。最後に会ってからひと月半後に、祖母は他界した。

「必ず願いが叶うなんてお守り、あるはずないよね。所詮、お守りなんて気休めだもの」

祖母の命を永らえさせてくれなかったお守りに、怒りや苛立《いらだ》ちをぶつけるしかなかった。家族で松江に行き、葬儀を終えて横浜に戻ると、大きな喪失感を埋めるために、純子は受験勉強に励んだ。

年が明けて、最初の受験日がやってきた。ここは腕試しだ。模擬試験ではいつも合格圏内と判定される大学である。

祖母からもらったお守りは、机の引き出しにしまったままになっていた。大学受験なのだから、ここはやはり、合格祈願のお守りの出番だろう。学問の神様、菅原道真公を祀《まつ》った湯島天神のお守りにすがろう。そう思っていたら、母が福岡の知人に頼んで、太宰府天満宮の合格祈願のお守りを手に入れてくれた。

二つあれば効果絶大だろう、とその二つとも鞄に入れて、受験会場に持って行った。試験問題は予想以上にむずかしかったが、それでもベストを尽くしたという手ごたえはあった。

ところが、結果は不合格だった。

腕試しのつもりで受けた大学に落ちたのだから、ショックは大きかった。純子は自信を喪失し、もうどこも受からないのではないか、と不安に襲われた。

「太宰府天満宮のがよけいだったんだよ」

と、お守りを用意してくれた母に毒づいてしまったくらいだ。

そのとき、ハッと思い出したのが、祖母にもらったあのどこのものとも知れぬ砂の入ったお守りだった。純子は、先見の明のある祖母が特別な砂をお守りにしてくれたに違いない、と考えたのだった。靴が滑りにくく歩きやすい砂という意味で、「大学に滑りにくい↓合格しやすい」とか、どんな隙間でも潜り込める細かな砂という意味で、「就職試験で最後の一人のポストに潜り込める」とか……。

いまでこそ、「電車の滑り止めの砂」として、どこかの駅で合格祈願のお守りに大々的に砂を売っているという話も耳にする。だが、その当時、そんな滑り止めの砂は売り出されていなかったように記憶している。

第一志望ではあったが、合格の可能性が半々と言われていた大学の受験日、純子は祖母のお守りを上着のポケットに入れて、試験に臨んだ。

その結果、見事に合格を勝ち取った。

それから、「秘密の砂」の入った祖母のお守りが、純子にとっての唯一のお守りとなったのだった。

4

祖母の「秘密の砂」のお守りのおかげなのか、大学を卒業後、純子は希望する食品会社に入社できた。配属された部署も希望どおりの商品企画部だった。任される仕事が増えた三年目、都内で一人暮らしを始めた。両親には最初、反対されたが、母が一緒に下見をした上で、オートロックのついた女性専用の賃貸マンションに住むことを許してくれたのだ。

祖母のお守りをつねに持っているからといって、その後の人生において、すべてが自分の思いどおりになってきたわけではなかった。仕事の上では数々の失敗もあったし、好きになって告白した人に、「つき合っている人がいるから、ごめん」と断られたこともあった。

——おばあちゃんは、「効果はずっとずっと、永遠にある」なんて言ってたけど、神社のお守りに有効期限があるのなら、砂のお守りにも有効期限はあるんじゃないかしら。

第一志望の大学に合格し、大手食品会社に入社できたことで、すべての運を使い果たしてしまったのではないか。そういう疑念が頭をもたげ始めたときだった。

横浜で開かれた中学校の同窓会の帰り、自宅マンションの近くのコンビニに寄った。二次会の会場をみんなより少し早く出てきたつもりだが、時刻は午前零時を回っていた。住宅街の入り口にあるコンビニの周辺は、当時は薄暗かった。

牛乳とミネラルウォーターを買い、かごを持ってレジに向かおうとしたら、毛糸の帽子をかぶり、サングラスをかけた男が店に駆け込んできた。帽子とサングラスだけでも目を惹いたが、おまけにマスクまでしていたから、異様ないでたちに、純子は身体を硬直させた。

男はまっすぐレジに向かい、何かを突き出した。と同時に、店員に何か早口で言った。が、純子には聞き取れなかった。しかし、店員がこわばった顔で首を左右に激しく振る姿は、はっきりと視界にとらえられた。

次の瞬間、パーン、と空気で膨らませた袋が破れるような乾いた音が響いた。店員の身体が後ろに弾かれて、カウンターの中に消えた。

店内の空気が凍りつき、次に悲鳴が上がった。その悲鳴にわれに返ったように、店員を撃った男が振り返った。

とっさに、純子はあとずさりをし、その場にしゃがみこんだ。

「動くな」

男は、銃口を一度は純子に向けたが、まだ店内に響いている悲鳴を抑えるほうが先決だと思ったのか、客たちに銃口を移し、「動くな、動くと撃つぞ」と、怒声で威嚇《いかく》した。

おもちゃの銃ではない。本物の銃だ。純子は、バッグを抱え込んで震えながら、心の中で必死に祈っていた。神様、助けてください。ううん、神様じゃない。おばあちゃん、助けて。おばあちゃん、わたしを守って。お願い。

男は、どうしても金が必要だったのだろう。そのときすぐに逃げていればあれほどの騒ぎにはならなかったのに、とのちに純子は犯人にちょっと同情した。カウンターの中に回り込み、右手で銃口をこちらに向け、左手でレジから金を取り出そうとしているあいだに、銃声を聞きつけたのか、店の外には人だかりができていた。

「畜生、見世物じゃねえ」

と、コンビニ強盗犯が天井に向けて発砲した。

銃声に驚いて、店の外の人たちは一瞬にして散った。

「おまえら、ここに来い」

男は純子に照準を定めると、店内の客たちに命じた。男性二人に女性一人。

男は、純子を含めて客の四人を人質にとって、コンビニに立てこもる形になったわけだが、私服の刑事にマイクを通して説得されて、二時間後には白旗を揚げた。しかし、人質にとっては永遠に続くかと思われる長い恐怖の時間だった。ジュラルミンの盾を手にした制服警察官がずらりと店を取り囲み、テレビ局の中継車のライトが煌々《こうこう》とあたりを照らすものものしい雰囲気は、人質たちの緊張感を増大させるには充分な演出だったからだ。

解放されたとき、肉体的にも精神的にも無傷だったのは、純子一人だけだったと言ってもいい。銃で撃たれた店員は、一命は取りとめたものの重傷で、人質の客のうち男性一人は、天井で跳ね返った弾が腕をかすめて怪我を負っていた。もう一人の男性は、「ここに来い」とコンビニ強盗犯に命じられた瞬間、おかしな体勢から急に動いたため、足を捻挫していた。そして、女子学生は恐怖と緊張のあまり失禁しており、救出時には、店で売られていた水色のレインコートを純子がはおらせねばならなかった。

事件後、一人になって無事を実感できたとき、礼を言うために、純子はバッグから祖母のお守りを取り出した。

「おばあちゃん、わたしを守ってくれてありがとう」

巾着袋のまま拝んだあと、中身の「秘密の砂」にも直接礼を言おうと思い、ケースを取り出した純子は、息を呑んだ。

茶色だった砂が真っ白な砂に変わっていた。

5

どう考えてもおかしい。何も手を加えていないのに、砂の色が変わるはずがない。それも、真っ白い色に変わっているのだ。色が変化する砂なんて、聞いたことがない。

もちろん、調べてはみた。自然に放置しておいて、色が変化する砂はないかどうか……。

人工的に着色してある場合、日に当たったり、雨に濡れたりして色落ちすることがあるかもしれないが、「秘密の砂」は巾着袋に入ったままになっていたのである。

それとも、色が変化するから「秘密の砂」なのだろうか。何もしないで色が変わったとしたら、それはまさに「魔法の砂」だ。防虫剤のように、効力を失った時点で色が変わる、という魔法をかけられていたのだろうか。だが、祖母は幽霊と話せる特異な体質ではあったが、魔女ではなかった。それに、よく見ると、粒子の大きさも、最初に比べてわずかに大きくなっている。

——どこかで誰かにすり替えられた？

そうとしか考えられない。最後に巾着袋の中の「秘密の砂」を見たのが事件の一週間前だったから、一週間のうちに誰かにすり替えられたのだ。お守りは家にいるときは机の上に、寝るときは枕元に、出歩くときはバッグの中に、とつねにそばに置いている。

純子は、事件までの一週間のできごとを思い返してみた。すると、ある場面が想起された。

横浜で開かれた中学校の同窓会である。あの夜、女性だけで二次会のバーへ行き、テーブル席に七、八人くらいで座った。純子が卒業した大学の話題になり、「純子さん、すごいよね。優等生だったもんね」と、仲のよかった同級生が言い、「わたしのまわりにも、K大学に挑戦して落ちた子、いっぱいいるよ」と、ほかの誰かが続けた。

「はーい、わたし、挑戦して玉砕した一人でーす」

と、正面に座った同級生が手を挙げ、おどけた口調で応じた。

それが、石丸夏美《いしまるなつみ》だった。苗字にさんづけで呼び合うような間柄で、中学時代、さほど仲がよかったわけではない。しかし、当時の学業成績は、似たようなものだったという記憶はあった。純子が彼女に抱いていた印象は、「大人びていて、何を考えているかわからない謎めいた子」というものだった。たぶん、中学時代にすでに高校生のボーイフレンドがいて、恋愛経験も豊富といううわさを耳にしていたからだろう。理数系の科目が得意で、理科の自由研究で賞をとったこともあった。廊下の隅で、蝶の羽をむしっている彼女の姿を見たという同級生もいた。

「わたしの場合、運がよかっただけよ」

謙遜《けんそん》のつもりで、純子は両手を振りながら言った。

「運だけじゃない。実力よ。純子さんって、前から底力のある人だと思っていたもの」

と、不合格になった石丸夏美になぜかファーストネームで呼ばれ、持ち上げられて、居心地が悪くなった純子は、

「ほら、これのおかげ。このお守りにすがっただけ」

と、バッグの中からお守りを取り出してみんなに見せてしまった。

「へーえ、何それ？」

「どこの神社の？」

などと、何本か手が伸びてきたのを見て、純子は〈しまった〉と思った。「秘密の砂」だから、あまり公にはしたくない。

「自分で作ったお守りで、特別なものじゃないの」

お守りをバッグに戻そうとしたが、身を乗り出した石丸夏美が巾着袋の紐をつかむほうが早かった。

「あら、何か入ってる。何？」

石丸夏美は手先が器用なのか、素早く中からケースを取り出した。

「返して」

純子はあわてて腕を伸ばし、テーブル越しに巾着袋とケースをひったくった。グラスが身体に当たって倒れ、琥珀《こはく》色の液体がテーブルにこぼれ出た。

「どうしたの？」

同級生たちは一様に面食らっている。

「ああ、何でもないの。ただの砂だから、恥ずかしくて」

言い訳にならない言い訳をして、純子はお守りをバッグにしまい、気まずい雰囲気を立て直そうと新たな話題を考えた。

「そんなに大事なものだったの。ごめんね。じゃあ、ほら、飲もう、飲もう」

石丸夏美は、気を取り直したように明るい声を出して、率先してその場を盛り上げた。話題を切り換えたのも彼女だった。

それから、何杯か水割りを飲んで酔いが回ったのだろう。気がついたら、隣に石丸夏美が座っていたのは憶えている。純子の水割りを濃い目に作ってくれていたのも。バッグから化粧ポーチだけ取り出して、トイレに立ったのは、やはりいつもより酔っていたせいなのか。中座していたのは五分たらずだったが、お守りはバッグに入ったままだったのだから、お守りを身体から離した時間が存在したのは事実である。

――その五分のあいだに、石丸さんが「秘密の砂」をまったく別の白い物質にすり替えた？

指先が器用な彼女ならできない芸当ではない。動機は、自分が不合格だった大学に純子が合格したことへのやっかみと、みんなの前で恥をかかされたことの復讐、と考えられなくもない。状況や動機から彼女以外に「犯人」は考えられなかったが、証拠がないから犯人と決めつけることはできない。本人に直接確かめる勇気もない。接触したら、さらに嫌がらせがひどくなりそうな気もする。

――どうしよう。

それから一か月。ときどき、「白い砂」を眺めては、どうしたものかと純子は逡巡《しゅんじゅん》した。捨てるべきか。いや、あのコンビニ立てこもり事件のときに、この「白い砂」がわたしを守ってくれたのだ。すり替えられたとしても、お守りとしての効力は備わっているのではないか。いや、違う。効力があるのは、祖母が着物の端切れで作ったという巾着袋のほうではないか。だったら、中身は何でもいいことになる。庭の土でもその辺の石ころでも。いやいや、すべては偶然、という見方もできる。お守りとは関係なく、たまたま運よく助かっただけなのかも……。

——一体、この白い物質の正体は何なのか。

当然ながら、それも気になった。本物の白い砂なのか。砂糖なのか。塩なのか。大理石や貝殻を砕いたものなのか。それとも、動物の骨を砕いた粉なのか。あるいは、人骨か……。

なめてみれば、甘いかしょっぱいか、わかる。だが、どうしてもできない。石丸夏美の得体の知れなさが恐怖の感情を呼び起こし、純子の行動に抑制をかけてしまっていた。たとえば、これが青酸カリや砒素《ひそ》のような毒物であれば、致死量がどのくらいかはわからないが、なめた時点で命を落としてしまいかねないのだ。理系女子の石丸夏美である。毒性の有無にかかわらず、何らかの薬物を入手して、たまたまあの日持っていた可能性はある。

それに、お守りの中身をすり替えたということは、行動の裏に明らかな悪意が存在している。砂糖や塩などではない、危険な物質とすり替えた可能性も考えられる。

——たとえば、危険な薬物……覚せい剤とか？

そこに思いが及んだ瞬間、純子は青ざめた。すぐにでも処分したほうがいい、と思った。恐ろしい場面を想像した。ある日、突然、刑事が家に乗り込んできて、純子に家宅捜索令状を突きつける。捜査員たちが家の中を隈なく探し、赤い巾着袋を見つける。中身を引き出して、「この白い粉は何だ？」と純子に問い質す。

「友達にもらった白い砂です」

「本当か？」

「本当です。ただのお守りです」

そんなやり取りがあって、その場で試薬を使って検査した結果、「ほら、みろ、これは覚せい剤じゃないか」となり、こちらの言い訳など一切聞き入れてもらえぬままに、純子の手には手錠がかけられる。そののちに、「あの家に覚せい剤がある」という匿名の通報があったんだ」と言われ、愕然《がくぜん》とする、というドラマで観たような展開だ。

誰かに気づかれる前に処分してしまおう。トイレに流そうか。いや、それはだめだ。すり替えられたとはいえ、出発点は神聖な「お守り」なのである。不浄の場に捨ててはいけない。ちゃんと塩でお清めしてそれなりに供養しないと……。

処分の仕方を真剣に検討し始めたときに、

「お父さんが倒れて病院に運ばれたの。緊急手術になるかもしれない、って。すぐにきて」

と、母からうわずった声で電話がかかってきた。

6

手術が終わるのを、純子は、祖母からもらったお守りを握り締めながら、母と一緒に廊下で待っていた。純子の父は、会社を出たところで倒れ、すぐに病院に運ばれたという。脳梗塞《のうこうそく》だった。

「幸い、発見が早かったのですが、脳からの出血も見られますので、手術することになります」

事前に、医師から説明を受けていた。

「身体に麻痺《まひ》が残ったら、どうしよう。うまくしゃべれなくなったら……」

心配のあまり泣き出した母を、

「大丈夫よ。お父さん、運が強いから」

と励ましながら、心の中では、〈おばあちゃん、どうかお父さんを助けて。あまり好きじゃなかったお父さんかもしれないけど、わたしのためにお父さんを助けて〉と、一生懸命に祈っていた。

手術は成功した。術後の回復もめざましく、「奇跡的な回復力ですね」と、医師にも驚かれたくらいだった。身体や言語に麻痺が残ることもなく、二か月ほどのリハビリののちに、職場復帰を果たすことができた。

平穏な日常が戻ったある日、純子は久しぶりに実家に顔を出した。父は外出中で、母だけが家にいた。

まず仏壇の前に行き、赤い巾着袋のお守りを仏壇に供えると、「おばあちゃん、ありがとう」と、小声で言って手を合わせた。手術のあいだ中、自分がこれを握って祈っていたから父の手術は成功したし、予後もよかったのだ、と純子は受け止めたのだ。

「おばあちゃんが守ってくれたのかしら」

居間でお茶を飲みながら、母が目を細めて言った。

「手術が終わるのを待っていたとき、おばあちゃんの声が聞こえたの。『大丈夫だよ。必ず治るから』ってね」

「へーえ、そうなの」

祖母の声が母には聞こえたという。ならば、祖母に宿っていた不思議な能力が、母の中にも生じたということか。やはり、母娘で体質が似ているのか……。

――もうこれは、必要ないのかもしれない。

さっき仏壇に供えて手を合わせ、バッグにしまったお守りに、純子は思いを馳せた。お守りとしての役目を終えた、すなわち、効力を失ったのだ、と見なす時期にきているのではないか。そう踏ん切りをつけた背景には、昨日、中学時代の同級生から届いたメールに不安を覚えたせいもあった。

「石丸夏美さんによくないうわさがある。恋人がヤクザだとか」

情報提供という形のメールで、信憑《しんぴょう》性のほどは不明だったが、あの「白い砂」にビクビクしていた純子は、〈いまが捨てどきだ〉とようやく決心した。

まさに、お守りを塩で清めてから、ケースの中身を捨てに行く直前だった。

石丸夏美が殺害されたというニュースがテレビで流れた。

7

石丸夏美を殺害したのは、彼女の別れた恋人だった。会社から自宅に戻ったところを元恋人に待ち伏せされて、アパートの前で刺殺されたという。「元恋人につきまとわれて困っている」という相談を警察にしていたらしい。元恋人がヤクザなのかどうか、新聞記事からはわからなかったが、「無職」とあったから、石丸夏美につきまとう時間はたっぷりあったのだろう。

石丸夏美が死んで、あの「白い砂」を急いで処分する必要もなくなった。しかし、彼女がどこかに何かを書き残していたり、誰かに話していたりするおそれはある。「白い砂」

が危険な薬物のようなものであるとしたら、所持していないほうがいい。

今日こそ捨てよう、明日こそは捨てよう、と思いながらも、純子は捨てられないままに、処分を先延ばしにしていた。

――これが危険な薬物で、覚せい剤かもしれない、なんて考えすぎよ。

そう思いたい気持ちもあった。この「白い砂」のお守りによって二つの危機――コンビニ立てこもり事件と父の手術――が乗り越えられたのは、紛れもない事実である。そこまで大きな危機でなくとも、人生には小さな危機がたくさんころがっている。そして、人間は、その危機を乗り越えるための心のよりどころをどこかに求め、他力にすがりたい弱い生き物なのだ。

「新商品の売れ行きが好調で、目標値を達成できますように」

「出張で乗る飛行機が落ちませんように」

「左目の結膜炎が、来週のプレゼンテーションまでには治りますように」

「バーゲンまで、このワンピースが売れ残っていますように」

仕事に関する願いから些細《ささい》な日常に関する願いまで、純子は、もはや最初の形を成してはいない祖母のお守りを固く握り締めて、それに向かって祈るようになった。

お守りの効果が表れたのかどうかはわからないが、売り上げ目標値は達成できたし、飛行機は落ちなかったし、期日までに結膜炎は治ったたし、お目当てのワンピースはバーゲンセールまで売れ残っていた。

二十七歳で仕事を通じて知り合った男性にプロポーズされたときも、「わたしを幸せにしてくれる、いい人でありますように」と、お守りに祈ってから結婚を決めた。

二十九歳で娘を出産したときも、「健康で元気な赤ちゃんが生まれますように」と、分娩室にお守りを持ち込んだ。

「完璧な夫?」と問われれば、「そうではない」と答えざるをえない。が、口げんかはしても絶対に手を上げることはないし、頼めば家事も手伝ってくれる。給料もそこそこもって来る。娘が生まれてからは、目の中に入れても痛くないというくらい可愛がり、家事も前よりは手伝うようになったから、結婚当初は七十点くらいだった夫への評価が、子供が生まれてからは八十五点までアップした。

——八十五点の夫なら上出来。わたしって、幸せなほうじゃないかしら。

純子は、現在の生活に満足していた。そして、ここまで順調にこられたのも、すべてあのお守りのおかげではないのか、と思っていた。

「君って、お守りに興味ないんだね」

結婚後、初詣に行ったり、お宮参りをしたり、旅行先で見かけた神社に参拝したりする機会はあったから、妻が神社でお守りの類《たぐい》を買わないことに夫は気づいていた。

「心をこめて参拝すればそれでいい。小さいころ、おばあちゃんにそう教わったから」

夫にはそう答えて、祖母にもらったお守りについては話さずにいた。万が一、「白い砂」の正体が危険性の高い違法なものであれば、夫を巻き込むはめになる。秘密は自分一人の胸にしまっておいたほうがいい、と慎重に考えたのだ。

――お守りに頼らなくとも、多少の波乱を含みながらも、生活は普通に回っていく。そういう実感が持てるまでになった。だから、もう処分してもかまわないのだった。だが、そうしなかったのは、かさばって邪魔になるようなものではなかったし、いざとなったらいつでもすぐに捨てられる、という妙な自信があったからだろう。

しかし、娘の亜理紗《ありさ》が二歳になったとき、事件は起きた。

そのころには、「白い砂」の入ったお守りを持つことに慣れすぎて、緊張感や警戒心が薄れていたのかもしれない。

休日、純子が亜理紗を連れて外出先から戻った直後だった。外出先で眠ってしまった亜理紗を居間のソファに寝かせ、近くにバッグを置いて、洗面所へ行った。

手洗いを済ませて居間に戻った純子は、起き出した亜理紗の手に赤い巾着袋が握られているのを見て仰天《ぎようてん》した。小さな手で袋をこじ開け、そこからまさに「白い砂」の入ったケースを取り出そうとしているところだった。

「だめっ！」

あわてて娘の手からお守りを奪い取った。

亜理紗は、火がついたように泣き出した。

――この子があの「白い砂」をなめてしまったら……。

そんな光景を想像して、戦慄《せんりつ》を覚えた。わが子の手の届かないところに置こうと思ったが、成長すれば、また興味を示すだろう。

――いまこそ捨てどきではないか。

捨てるなら、潔く捨て去るべきだ。「白い砂」だけでなく、巾着袋やケースも含めてすべて捨てるべきだろう。もうお守りには頼らない。他力本願の生き方はやめる。そこまで決心すべきだ。

何度も自分の胸に言い聞かせたはずなのに、帰宅した夫が「長期の海外出張をすることになったんだ」と切り出した途端、決心が揺らいでしまった。

――せめて、夫が出張から無事に帰るまでは、このお守りに安全祈願をしよう。

そうやって、純子は、今回も、お守りを処分する機会を逸したのだった。

8

亜理紗は元気にすくすくと育ち、五歳の誕生日を迎えた。

「亜理紗にお受験させようと思うんだけど」

と、何度目かの海外出張から戻った夫が食卓で切り出して、有名私立小学校の名前を挙げた。

お受験など考えてもいなかったので、純子はびっくりしたが、小学校から大学までエスカレーター式で上がった夫は、「この子の将来にとってそれが一番いい」と譲らなかった。

子供を有名私立小学校に通わせる家庭にあこがれる気持ちもあったし、そろそろ二人目もほしい、と仕事を辞めて時間的な余裕も生まれていたので、純子はお受験に全力投球することを承諾した。

ところが、小学校のお受験用の塾に通い始めて、すぐに打ちのめされた。まわりの子が揃ってみんな優秀なのである。暗記力、画力、コミュニケーション能力、運動能力。すべてにおいてわが子より秀でている。何しろ、先にお受験勉強を始めた子たちは、すでに英語まで学び始めているのである。

それでも、夫が時間を見つけては、純子が塾から持ち帰る教材を広げて亜理紗に指導してくれたおかげで、少しずつではあるが、実力がついてきて、塾のテストでも上位に入るまでになった。

「合格の可能性は半々ですって」

第一志望の小学校の模擬試験の結果を夫に見せると、

「すごいじゃないか、合格の可能性が五十パーセントもあるのか。じゃあ、この調子で勉強すれば大丈夫」

と、夫は笑顔になって、亜理紗の頭を撫で撫でした。

「落ちる確率も五十パーセントなのよ」

純子は、夫の楽観的な姿勢に呆れた。

「人事を尽くして天命を待つ、だよ」

顔を曇らせた妻に、あくまでも明るい口調で夫は言ったが、娘といる時間の長い妻のほうは心配でならない。

——おばあちゃん、これが最後だから。お願い。わたしの願いを叶えてね。

純子は、お受験までの毎日、家族に見られないようにして、赤い巾着袋を握り締めては、ひたすら願をかけ続けた。

願いが届いたのだろう。亜理紗は、第一志望の私立小学校に合格することができたのだった。

9

亜理紗は、小学三年生になった。純子のお腹の中には第二子がいる。

乾いた洗濯物をたたみながら、純子の関心はテーブルへと移っていた。ものには寿命がある、捨てどきがある、とテレビに出ていた家事評論家に教わったばかりである。

捨てると決めたバスタオルをちらりと見て、純子は立ち上がった。テーブルから小さな赤い巾着袋を取り上げる。祖母からもらったお守りだ。最初は「秘密の砂」が入っていたのだが、知らぬまに「白い砂」にすり替えられていた。すり替えた犯人は、たぶん、殺された石丸夏美だと思うが、断定はできない。犯人が誰であろうと、もうどうでもいい。これも捨てると決めたのだから。「白い砂」の正体が何であろうと、やはり、もうどうでもいい。砂糖であろうと、塩であろうと、薬物であろうと……。

「君がいつもバッグに入れてる赤い袋、あれって、お守りだろう？　どこの神社のお札が入ってるの？」

「ママ、赤いお守り、すごく大事にしてるよね。あれ、亜理紗に貸してくれない？」

最近、立て続けに夫と娘に言われた。

——何だ、やっぱり、気づかれていたんじゃないの。

気づかれていないと思っていた自分を、愚かしい、と純子は心の中で笑った。

娘に「貸してくれない？」と頼まれるに至って、危険水域を越えた、とようやく目が覚めた。愛しい娘に貸せるものではない。「白い砂」の正体がわからないのだから。家の中にあるかぎり、いつか探し出されてしまう。

亜理紗は、小学校に入ってから、のびのびと生活している。学校の勉強がおもしろいと言い、ピアノ教室も英語塾も楽しいと言う。仲よしの友達も複数いる。

——わたしが必死に祈ったから、運よくあの子は合格したのだ。

最初はそんなふうに思っていた。だが、それは亜理紗に対して失礼ではないか、と純子は反省したのだった。亜理紗が合格できたのは運ではない、実力だ。あの子自身が一生懸命がんばったからだ。祖母からもらったお守りの効果も多少はあったかもしれないが、それは一割ぐらいで、残りの九割はあの子の努力の賜物だろう。

そう思ってやらないとかわいそうだ、という結論に達したのだった。

捨てどきと判明したバスタオルを処分した翌日、純子はベビー用品を買うために外出した。妊娠四か月に入ったところで、まだお腹は目立たないが、生まれてくる第二子のためにいろいろ用意しておこうと考えたのだ。

バッグには、母子手帳と塩でお清めをしたお守りが入っている。お清めのあとにきれいな袱紗《ふくさ》に包んだ。それを神社に納めるのが、純子なりに調べた「古いお守りの処分の仕方」だった。納める神社も決めてある。

それら一連の作業は、事務的に行った。感情が入らないほうがいい。済ませてみると、あまりにあっけなくて、なぜあんなに何年も捨てられずにきたのだろう、と不思議でならなかった。約二十年、持ち続けてきたお守りだ。

——おばあちゃん、ごめんね。でも、おばあちゃんもわかってくれるよね。お守りを捨てたわたしを許してくれるよね。

長年の垢《あか》を身体から落としたようなさっぱりした気分だった。

ベビー用品の買い物を済ませた純子は、急に甘いものが食べたくなって、間口の狭いビルに入った。老朽化したビルだが、その中に老舗《しにせ》の甘味店が入っているのを知っていて、いつか入ってみたいと思っていたのだ。最近、突然、変に脂《あぶら》っこかったり、辛かったり、甘かったりするものが食べたくなるが、それもつわりの一種なのだろうか。

店に入って奥のテーブルに着き、フルーツ餡蜜《あんみつ》を注文すると、純子はふっと不安に駆られた。二十年も大事に持ち続けたお守りを、わたしは捨ててしまった。悪いことが起きなければいいけど……。罰なんか当たらないよね。

──おばあちゃんがわたしを罰するはずないじゃない。永遠にわたしを守ってくれる約束だもの。

だが、その永遠に効果があるはずのお守りは、今日、捨ててしまった……。

テーブルにフルーツ餡蜜が運ばれてきた。純子は、ひと口、ふた口と夢中で食べ始めた。食べ終える前に、店の入り口のほうから白い煙が流れ込んできた。非常ベルがけたたましく鳴り響いた。

「火事だ！」

誰かが叫んだ。

店内からほかの客が、従業員が、廊下に飛び出した。

純子も続いて廊下に出たが、あたりは早くも真っ白い煙に包まれている。一刻も早く逃げなければ。お腹には小さな命が宿っている。頭ではわかっているのに、なぜか身体が思うように動かない。目がかすみ、息が苦しい。喉が熱い。

――このまま、わたしは煙に巻かれて死んでしまうの？

「大丈夫ですか？」

誰かに手をつかまれた気がしたが、意識が薄れていった。

10

「純子さん、大丈夫ですか？　純子さん、わかりますか？」

誰かがわたしに呼びかけている。

誰だろう。なぜ、わたしの名前を知っているのだろう。これは、救急救命の講習会の続きだろうか。去年、亜理紗の小学校でＰＴＡ主催の講習会があり、それに参加したのだった。

二人ひと組になって、患者と救急救命士を交互に演じた。子供の同級生の母親の肩を揺すって、大声で名前を呼びかけた。「まずは、意識の有無を確認してください。呼びかけて反応がなかったら、急いでまわりに応援を求めてください」と、本物の救急救命士に指導されたからだ。

――そうか、人間にとって、意識の有無ってそんなに大切なのか。

でも、どうして、意識の有無が大切なのか。そこを質問したかったが、そんな基本的なことは口にできない雰囲気を察して、ひたすら指示されたとおりに手順を覚え、気道の確保から人工呼吸、胸骨圧迫、心臓マッサージ、と訓練を重ねていった。半日の講習で、薄っぺらではあったが、講習修了のカードをもらったときは、少しだけ誇らしげな気持ちに包まれたものだった。

あのときの患者役の自分に似ている。意識があってもないふりをして、何の反応も示さずに、ただ横たわっている自分に。身体が少しも動かせない。

わたしはいま、どこにいるのだろう。憶えているのは、フルーツ餡蜜に入っていた寒天のすがすがしい白さと、脳天を突き抜けるような蜜の甘さだ。

誰かがわたしの胸を何度も強く押し、誰かがわたしの名前を呼び続けている。

「はい」

返事をしたつもりだったが、相手にその声が届いたのかどうかはわからない。

「この人、母子手帳を持っています。お腹を押さないように気をつけて」

だが、あちらの声ははっきりと聞こえる。

——わたしは、まだ生きているの？

死の淵から生還したところなのか。

彼岸へ渡って、別の次元の意識が生まれたところなのか。

——これは、捨てどきを逃した報いなの？　それとも、やっぱり、おばあちゃんにもらったお守りを捨てた報いなの？

脳裏に死んだ祖母の顔が浮かび上がってきた。

「おばあちゃん」

懐かしくなって呼びかけると、祖母は元気なころと寸分違わぬ笑顔で、大丈夫だよ、というふうにうなずいた。

誰かのぬくもり

——

「拾う」

1

「拾う」という行為の持つ魔力を知ったのは、あのできごとがきっかけだったと思います。

中学一年生の二学期。夏休み明け、わたしは転校生として期待に胸を膨らませながら、東京近県の中学校に登校しました。

転校生ではあったけれど、まったくの新顔というわけではありません。なぜなら、わたしは小学四年生の一学期までをその地で過ごしており、当時の同級生のほとんどが地元のその公立中学校に進学していたので、いわば旧友たちと再会する喜びに胸を躍らせていたわけです。

父親の仕事の関係で、東京の小学校に転校することになったとき、仲よしの真理《まり》ちゃんと離れたくなくて、大泣きしたのを憶えています。「三年で戻ってくるから」という両親の言葉を、そのときは信じることができなかったのでしょう。それでも、泣きじゃくる真理ちゃんには、「三年で戻ってくるから」と両親に言われたとおりの言葉を返して、「そしたら、お互い中学生。また一緒に遊べるよ。それまで我慢しようね」と慰めたものです。

そして、本当に、三年後に父はまたもとの職場に転勤になって戻ってきたのです。

東京で過ごした二年数か月のあいだ、わたしに親しい友達はできませんでした。いじめられたりはしなかったけれど、やっぱり都会だったせいでしょうか、クラスの中には私立中学に進学する子もいて、みんな受験勉強や習い事に忙しく、中途半端な時期に転校してきた垢抜けない女の子に興味を示すような暇などなかったのです。

わたし自身は、ちょっと背が伸びただけで、中身は少しも変わっていないつもりでした。真理ちゃんと同じクラスになったのはあらかじめわかっていたので、緊張しながらも笑みを抑えきれずに教室に入って行きました。

真理ちゃんも少し髪が伸びたくらいで、全然変わっていませんでした。ホームルームのあと、授業が始まるまでに時間があったので、わたしはすぐに彼女の席に行きました。

「真理ちゃん、元気だった？」

手を取って思いきり揺すると、「ああ、うん」と、真理ちゃんは顔を赤らめただけで、揺すり返してはくれません。

——何だか態度がよそよそしい。久しぶりの再会なのではにかんでいるのかな。

そのときは、そんなふうに思っただけだったけれど、次の体育の授業のために一緒に体育館に移動しようとしたとき、明らかな変化が見てとれました。

身体の大きな女の子がさっと真理ちゃんの手を引き、廊下に連れ出してしまったのです。

「真理ちゃん」

わたしの呼びかけが聞こえなかったのか、真理ちゃんはそのまま体格のよい子と体育館に行ってしまいました。

まわりを見ると、ほとんどの女子が二人組みで、三、四人のグループもいます。一人でぽつんと体育館に向かう子は、わたしだけでした。

——転校生だから仕方ないか。そのうち、真理ちゃんがグループに入れてくれるだろう。初日は、楽観的に考えていました。

けれども、それからわたしはずっと一人ぼっちでした。

その公立中学校には、わたしが通っていた小学校のほかにもう一つ別の小学校から進学する子たちがいて、真理ちゃんとつねに行動をともにしている大柄な子——工藤《くどう》さんは、別の小学校からきた子でした。中学一年生の二学期という、またまた中途半端な時期に転校してきたわたしは、すでにみんなが中学校という新しい社会で友達作りを終え、グループが形成されてしまったあとに入ってきた余分な子だったのです。

多感な時期の女の子たちは、自分が仲間はずれにされるのを極端に恐れます。一度できた友達を手放すのも、誰かに奪われるのも恐れるものなのです。工藤さんも例外ではなく、小学校時代に真理ちゃんと仲のよかったわたしに真理ちゃんを奪われるのが怖かったのだと思います。それで、わたしが真理ちゃんに接近しないように目を光らせていたのでしょう。

冷たい言葉を浴びせられたり、嫌がらせされたりしたわけではありません。ただ、わたしが真理ちゃんに話しかけようとすると、工藤さんがさっと現れて真理ちゃんの腕を引いて連れて行ってしまうのです。放課後も工藤さんがずっと真理ちゃんの傍らにいます。二人の家は近くて、登下校も一緒です。とても抜け駆けできない雰囲気でした。

大好きな友達に話しかけることもできず、話しかけてももらえない状態は、無視されているという意味で、いじめに近いものでした。

寂しく孤独な日々が続いたひと月後。学校では人と視線を合わせないように生活していたためか、つねにうつむき加減で、足元を見る癖がついてしまったようでした。

ある日の下校時、ふと顔を上げると、わたしの十メートルくらい先を真理ちゃんと工藤さんが歩いて行きます。早足で歩いて二人に追いついても、工藤さんが一緒にいるかぎり、真理ちゃんはわたしと話してはくれないでしょう。彼女たちはわたしに気づきません。振り返ろうともしません。距離を置いて歩いていると、二人のあいだから何かが落ちました。

最初は、どちらかが何かを捨てたのだろう、と思いました。

拾ってみると、それは決して捨てるようなものではありませんでした。てのひらにおさまるくらいの細長い形状のもので、裏は鏡張りになっていて、そこに上部が開いた筒状の金具がくっついています。表は白く塗られた陶器でしょうか、青いドレスを着た西洋風の巻き髪の女性が描かれています。

——落としたよ。

ふだん話をする仲であれば、すぐに声をかけたでしょう。しかし、わたしは仲間はずれにされています。教えてあげるのも癪《しゃく》です。気づかないのだもの、放っておこう。そこで、拾ったものを鞄にしまったままでいました。盗んだことにはならないよね、と自分の胸に言い聞かせて。

これが、真理ちゃんのものなら、拾ってあげたことでまた仲よくなれるかもしれないし、工藤さんのものだったら……そのときはそのときで、何か使いようがあるだろう、くらいに考えていたのかもしれません。

家に帰って調べてみると、青いドレスの女性が描かれた陶器の部分は、蓋のかわりをしていて、蓋の裏が鏡になっているのです。そこに筒状の金具がついていて、鏡と蝶番でつながれている作りです。

こんな感じのものを、海外の雑貨を紹介する雑誌で見た記憶があります。筒になった部分に口紅をはめて持ち歩き、蓋を開いて口紅をはずし、小さな鏡を見て化粧直しをするのでしょう。

——どうして、中学生がこんなものを？

理由はわかりません。でも、学校に持ってきてはいけない大事なものだということくらいはわかります。

翌日、教室に入った瞬間、それが真理ちゃんと工藤さん、どちらが落としたものかすぐに察せられました。工藤さんが机に突っ伏して泣いていたからです。「大丈夫だよ、絶対に見つかるよ」と、真理ちゃんが工藤さんの肩に手を置いて励ましています。なくしものをして嘆いている工藤さんの姿を見るのは、快感ではありました。

「誰かこういうものを見かけなかった？　工藤さんが昨日、帰り道で落としたんだけど」

ホームルームの時間、先生が黒板にあの口紅入れの絵をチョークで描きました。

「本当は、授業に使わないものを学校に持ってきてはいけないんだけどね」

先生は、顔をしかめて続けました。「工藤さんが海外みやげにもらった大切なものなの。誰かどこかで見つけたら、先生に知らせてね」

校内でなくしたのではなく、学校からの帰り道でなくしたことは明らかにされています。わたしは、ホッとしました。校内でなくしたとなれば、わたしが疑われるおそれもあります。二人が仲よしだったことを知っている級友もいたから、わたしが二人の仲を裂くために工藤さんのものを盗んだ、と疑う人が出ないともかぎらないからです。

「きっと誰かが拾って、警察に届けてくれるわよ。この近くだったら、学校に届けてくれる人がいるかも。前にも筆箱を届けてくれた人がいたしね」

先生は、そう言って工藤さんを慰めていたけれど、工藤さんは一度も顔を上げることはありませんでした。

もちろん、わたしは警察にも学校にも届けるつもりはありません。拾ったそれをどう有効に使うか、一週間考えていました。そして、突然、怖くなったのです。それは、自分の部屋の机の引き出しに厳重に隠しておきましたが、学校にいるあいだに家族に見つけられてしまわないともかぎりません。

——隙を見て工藤さんの机の中に戻したら、どんな騒ぎになるだろう。

——男子トイレの中に投げ込んで、そこから発見されたら、どんな騒ぎに発展するだろう。

——真理ちゃんの机や鞄の中に入れる、って方法もある。そしたら、真理ちゃんが盗んだことになるだろうか。

いろんなパターンを考えましたが、どれもリスクが伴います。誰かに目撃されるおそれもあるし、真理ちゃんが非難されていじめの対象になったりしてはかわいそうです。

結局、わたしはそれを持ち続けている恐怖に耐えられず、自分から遠く離れたところに捨てることにしたのでした。遠くといっても限度があります。電車で何駅かいったところで降りると、しばらく駅前を歩き回り、住宅街に入ってブランコと砂場のある公園を見つけると、そこにあったゴミ箱に捨てて引き返しました。

学校関係者がそれを見つけて、工藤さんのもとに返ってきた……などという奇跡が起こるはずもなく、日がたつにつれ、工藤さんの落とし物からみんなの興味もだんだんと薄れていきました。

あれが工藤さんにとってどんなに大切なものだったのか、それはわかりません。けれども、そのことが工藤さんのその後に影響したのは間違いありません。彼女は、しばらくして不登校になったからです。一年生の終わりまで登校することはなく、彼女の席は空席のままでした。

――工藤さんがいなくなって、わたしと真理ちゃんの仲も復活した？

いえいえ、思春期の少女の心理はそんなに単純なものではありません。真理ちゃんはすぐにほかのグループに取り込まれて、わたしは相変わらず一人のままでした。

けれども、二年生になってクラス替えがあると、途端にわたしには親しい友達ができました。真理ちゃんとは別のクラスになり、工藤さんの家族はどこかへ引っ越して行ったと風のたよりに聞きました。

それから卒業まで、廊下で顔を合わせても、真理ちゃんとは口もきかなかったし、別にそれを寂しいとも思わなかったのだから、女の子にとっては成長過程で気の合う友達がころころ変わっても不思議ではないのかもしれません。真理ちゃんとは小学校時代の一時期だけ、抜群に相性がよかっただけのことだったのでしょう。

2

――拾ったものを落とし主に返さず、それどころか捨ててしまった。

そのことと、工藤さんが不登校になったことに因果関係があったのかどうか……。何の関係もなく、偶然にすぎなかったのかもしれません。

けれども、わずかとはいえわたしの内部に罪悪感が生じ、自分の行動によって警戒心もわき起こったのは事実でした。それ以降、ものをなくさないように、落とさないように、すなわち、誰かに拾われるような羽目にならなくてもすむように、細心の注意を払って生活するようになったからです。

そんなわたしを周囲の人たちは、几帳面な性格だと受け止めてくれたようです。短大を卒業したわたしは、面接でも高評価を受けて、都内の会社に就職することができました。

よっぽど、「拾う」という行為に縁があったのでしょうか。夫となる人との出会いも、彼が落としたものをわたしが拾ってあげたことがきっかけでした。

その日の会社帰り、電車の中で、わたしはドアのすぐ脇のシートに座っていました。駅に着いて何人か降りる人が続いたとき、一人の男性のズボンのポケットから何かが落ちるのが見えたのです。それはわたしの足元に落ちたので、自然にわたしが拾う形になっただけなのですが、「あの」と声を発したときには、もう発車ベルが鳴っていました。わたしの降りる駅はまだ先です。

ちょっと躊躇《ちゅうちょ》したけれど、ドアが閉まる前に降りて、さっきの男の人のあとを追いました。

改札の前でようやく追いつきました。その男の人はポケットを探って首をかしげています。そう、わたしが拾ったのは定期券が入った水色のケースでした。

「あの、これ、電車の中で落としましたよ」

声をかけると、男の人はハッとした顔になって、「あ……すみません」と受け取ると、「ありがとう」と続けました。わたしと同世代くらいの男性でした。

「じゃあ」

渡したら用はないので、踵《きびす》を返しました。次の電車まで待たないといけません。

「あの」

すると、今度は向こうがわたしを呼び止めます。「電車、降りられたんですか？」

「あ、ああ、ええ」

「わざわざこれを渡すために？」

彼はちょっと目を見開いて、「それはすみません」と、今度は礼ではなく、謝罪の「すみません」を口にしました。

「じゃあ」と、わたしがふたたび言うのと、「お時間ありませんか？」と、彼が誘いの言葉を口にするのと同時でした。電車を降りてまで落とし物を届けてくれたわたしに、彼はどうしても礼をしたいと言います。

そのときお茶を飲んだことから交際が始まり、結婚に至ったのでした。

翌年には女の子が生まれて、育児に専念するためにわたしは退職しました。

物流会社に勤務していた夫には、ほぼ二年単位で転勤の辞令が出されます。娘の小学一年生の春休みに、夫の転勤で転校しなくてはならないと知ったとき、わたしは娘の姿を昔の自分のそれと重ね合わせて不安になりました。

けれども、天真爛漫な娘は、転校先の小学校のクラスにすぐに溶け込み、友達もたくさんできたのでホッとしました。精神状態が安定したためか、新しい地でわたしはようやく第二子を身ごもることができました。実は、娘が生まれたあと、すぐにでも次の子がほしかったのですが、転居が続いて気持ちが落ち着かなかったせいか、なかなか妊娠できずにいたのです。

ところが、喜んだのもつかのま、悲しみの底に突き落とされました。

あれは、定期健診でお腹の子の心音が聞こえないことが発覚した三日前でした。

学校から帰った娘のランドセルについているはずのフェルトで作ったハムスターのマスコットがないのに気づいて、「どうしたの？」と聞くと、娘はハッと胸をつかれたような顔になり、「どこかで落とした」と言うのです。給食当番のエプロンや三角巾を詰めた給食袋をランドセルのフックにかけているのですが、目印として紐の先に手作りのフェルトのマスコットをつけてやっていたのです。紐を振り回していたことまでは憶えていたようですが、マスコットが紐からはずれたことには気づかなかったみたいです。

　そのハムスターのキャラクターは、娘が好きで観ていたアニメに出てくるものでした。学校帰りに落としたことはわかっているので、娘と一緒に通学路を探してみました。叢《くさむら》まで飛んだ可能性もあります。

　草をかき分けて探しましたが、見つかりません。暗くなってきたので、娘を先に家に送り届け、また一人で懐中電灯を持って戻りました。そのうちに雨が降ってきました。もうちょっともうちょっと、と欲を出して探しているうちに、雨足が強くなって、とうとう断念しました。

　そんなできごとの三日後です。身体を冷やしたつもりはなく、体調を崩した憶えもなかったのですが、「もともと育たなかった子だったのよ」とか「全妊娠の一割が自然流産になるんだから」などとまわりから慰められても、どうしても原因を何かに求めてしまいます。

　――あなたが落としさえしなければ……。

　苛立ちを娘にぶつけてしまいそうになって、言葉を呑み込みました。

自分にないものを持っている相手に惹かれる、なんて言いますが、わたしたち夫婦もそうで、二人の出会いが夫の「落とし物」であったように、元来、夫は注意散漫な性格で、ものに執着しないというか、ものをよくなくすのです。結婚してから、ビニール傘は十本の指では足りないほどなくし、出勤時に持たせたハンカチやポケットティッシュなどの小物もしょっちゅうなくします。宴会場で脱いだ靴をなくしたと言い——誰かが間違えて履いて帰ったはずですが、最後に余分な靴が見当たらなかったとか——、サンダルを借りて帰宅したこともあれば、名古屋に出張しておみやげのお菓子を新幹線の棚に載せたまま、忘れて帰宅したこともありました。

そういう夫のうっかりというか、ぼんやりした性格を熟知していたので、財布やカードや大事な書類などは絶対に紛失しないように、毎日、出勤時にわたしが口すっぱく注意喚起していたわけです。それで、かろうじて大事なものをなくすことなく、会社での仕事も何とかスムーズにこなせていたのです。

そんな父親の性格の一部を娘は受け継いでしまったのでしょう。整理整頓が苦手なことは知っていたので、小さいころから片づけの仕方を教えたりして、しっかりしつけていたつもりです。毎朝、登校する娘の持ち物チェックを欠かさずしていたわたしも、つわりが始まってからは、細かなところまで目配りする気力もわかず、ちょっと油断した隙に起きたできごとでした。ふだんは紐を振り回しながら帰ったりはしないのだから、親の都合で転居を繰り返すことに娘なりのストレスを抱えていたのかもしれません。

その後、娘が小学四年生のときに夫は東京に転勤になり、二年後にまた東京近県に転勤になりました。そのたびに、わたしたち家族は転居を繰り返したのです。

転居生活にも慣れていたはずですが、ひとところに腰を落ち着けられない生活がやはりストレスになったのか、それからわたしは、第二子に恵まれることはありませんでした。

3

一人娘は、東京の有名私立中学校に入りました。そこは中高一貫校だったこともあり、今後、夫がどこへ転勤になろうとわたしと娘はここを動かない、と決めたのです。皮肉なことに、そう決めたあと、夫は福岡への転勤を命ぜられました。関東圏を離れるのははじめてです。必然的に、夫は単身赴任することになりました。

それを機に、「いずれまたここに戻ってくるだろうから、よし、家を買おう」と、夫は大きな決断をしたのです。いくつか物件を見て回って決めたのは、娘の中学校まで一時間ちょっとの通学圏内にある３ＬＤＫのマンションでした。

「一人で大丈夫？」

整理整頓が苦手で、よくものをなくす夫です。別居して、自分の目が届かなくなるのを

不安に思う気持ちはありました。送り出すときにそう問うと、

「子供じゃないんだから、大丈夫だよ。住宅ローンを組んだんだから、返済するためにしっかり働かなくちゃな」

夫は、自らを鼓舞するように笑顔でそう返しました。

ところが、一人暮らしを始めた途端、監視の目がなくなって気が緩んだのか、夫は財布という「大物」を落としてしまったのです。幸い、すぐに財布は見つかって警察に届けられ、夫のもとに返ってきて、わたしは事後報告という形で知ったのでした。

「いやあ、日本ってすばらしい国だね。ちゃんと財布が戻ってくるんだから。顧客を空港まで見送ったときに、空港周辺で落としたらしい。親切に拾って届けてくれた人がいてね。中身はそっくりもとのままだよ」

電話で嬉しそうに語る夫に呆れて、「次からは気をつけてね。わかった？　気をつけてよ」と何度も念を押すと、わたしはふと気になって聞きました。

「で、拾ってくれた人にはお礼をしなくていいの？」

お財布にはカード類も含めてかなりの金額が入っていたと言います。わたしたちが出会ったきっかけも、夫の定期券をわたしが拾ってあげたことでした。そのとき、夫はどうしてもお礼をしたいと言ったのです。おかしなところで律儀で、親切な夫です。

「あ、ああ。警察から拾得者の連絡先を書いたメモをもらってね。こっちは、財布に入っ

ていた総額の一割はお礼するつもりで電話したら、『その必要はありません』なんて言われてね。『それじゃ、申し訳ないからぜひお礼をさせてください』って頼んだんだけど、頑《かたく》なに断られて」

「辞退されたのなら、気にする必要ないんじゃない?」

「そうだよな。それでいいよな。何もしなくても」

そのときは、それで終わったと思っていました。

さすがに、それからはかなり持ち物に注意を払ったのでしょう。夫は、ビニール傘を置き忘れることはあっても、財布のような「大物」を紛失することはありませんでした。

福岡に単身赴任して三年後。夫がわたしたちのもとに戻る日がきました。

高校生になった娘は、誰に似たのか、と不思議になるほど頭脳明晰で、学年でトップの成績をとっていました。「もう一人で留守番できるからいいよ」とそっけなく言う娘を残して、わたし一人で夫を迎えに福岡に行ったのです。三年のあいだ、わたしが福岡に行ったのは二回だけでした。娘はといえば、春休みや夏休みを利用して父親に会いに行くというようなこともせず、長い休みはずっと勉学に励んでいました。とくに父親を必要とする年齢でもなくなっていたのでしょう。

夫が住んでいたアパートを片づけて、荷作りも終えたあと、「あなたの行きつけの店で食事しましょうよ」と、わたしは夫の思い出がしみついた地での「最後の晩餐」を提案したのでした。

夫はちょっと迷っている様子でしたが、「じゃあ、よく行く中華屋で」と、歩いて五分ほどの中華料理店に案内してくれました。店先のショーケースに炒飯や餃子などのサンプルが並んだ何の変哲もない街の中華料理店です。

そこのテーブルで向かい合って、夫と二人で麻婆豆腐と青菜炒めを肴にビールを飲んでいたときでした。

「パパ」

と、店に入って来た四、五歳くらいの女の子が夫に呼びかけたのです。後ろには、母親らしいすらりとした女性がいます。顔立ちから日本人ではないのがわかりました。

「あっ、すみません」

女性はあわてて幼女の手を強く引き、店から出て行きました。

「さっきの子、誰？」

夫の顔がこわばっているのに気づいて聞くと、

「あ……ああ、悪い。ちょっと待ってて」

と、夫は席を立ち、店の外に行きました。さきほどの母子を追ったのは明らかです。

――どんな関係だろう。

ただの知り合いなら、妻のわたしに紹介してくれてもいいし、あちらも普通に挨拶してくれてもいいはずです。けれども、わたしの夫を「パパ」と呼ぶ幼子などめったにいるものではありません。

ビールがぬるくなったころ、ようやく夫が戻って来ました。待たされて少し腹が立ったので、「もう一本」とビールを注文してやりました。夫は神妙な顔をして、唇をかんでいます。

「こっちに現地妻ができたとか？　で、さっきの子はあなたと彼女とのハーフ？」

冷えたビールで気分を落ち着かせてから、そう切り出しました。もちろん、冗談のつもりでした。

「俺の子じゃない」

けれども、夫は真顔のままで答えます。前半の「現地妻」の部分を否定されなかったことに、わたしはショックを受けました。

「彼女の亡くなった夫の子供だよ。彼女はフィリピン人で、死んだ夫は日本人だった」

「さっきの女性と子供と、ここに一緒に来たことがあるの？」

「ああ、たまに来る」

夫の行きつけの店で食事しよう、と提案したのはわたしです。夫はさっきの女性とその娘と、たびたび食事に来ているのでしょう。傍目には家族のように見えて当然です。自分の知らない夫の顔が垣間見えて、背筋に悪寒が生じました。

「ほら、いつだったか、財布を落とした話をしただろう？　あのとき、拾って警察に届けてくれたのがさっきの女性だよ」

夫は、女性との出会いを淡々と語り始めました。「最初は、『お礼、いらないです』って断られて、それじゃ、と引き下がろうと思ったけど、何だかすごく気になってね。たどたどしい日本語が引っかかっていたというか。それで、しつこく電話してみたら、『じゃあ、お願いしていいですか？』って言われてね、会うことになったんだよ」

「お願いって何だったの？」

「彼女は、まだ一歳になるかならないかの女の子を連れて来た。そして、『この子のパパは、この子がわたしのお腹にいるときに死んでしまった。たまにでいいから、この子を動物園や遊園地に連れて行ってくれないか』って、そう頼まれたんだよ」

「つまり、父親がするようなことをあなたにしてほしい、そういうお願いね」

動物園の大きなゾウの檻の前で、女の子を肩車する夫の姿を想像して、わたしは何とも複雑な気分になりました。寂しがりやの夫は、つねに、誰かにやさしいまなざしを向けていたい人なのかもしれません。この三年間、やさしいまなざしを向けるべき家族──わたしと娘がそばにいなかったから、そばにいられるよその人に向けてしまったのでしょうか。

「父親がわりをしてあげているうちに、情が移って、それで女の子の母親とも……」

女の子を愛しく思う気持ちが高まったとしても不思議ではありません。最初は、同情から始まった「家族ごっこ」かもしれません。でも、できれば、その女性との関係を否定してほしかった……。

「ごめん」

しかし、夫は、テーブルに額がつくほど深く頭を垂れました。謝罪に続く言葉は、「おまえたちを裏切ってしまった以上、もうやっていけない。別れてほしい」でした。

4

――娘の養育費は払う。家のローンも払い続ける。

わたしから離婚の条件を突きつけたわけではありません。夫のほうからそう言ってきたのです。けれども、離婚したあとも、自分が住まない家のローンを払い続けるなんて非現実的です。払い続けたいという意志はあっても、払い続けられる保証はありません。

夫が単身赴任になってから、わたしもパートの仕事は持っていました。とはいえ、自分だけの収入で生計を立てる自信はありません。

それで、夫名義のマンションは売却してもらうことにして、実家に厄介になることにしたのです。通学時間が長くなり、負担が増して大変ですが、「大学受験までの辛抱。大丈夫、がんばるから」と、前向きな姿勢の娘は「お母さんも一緒にがんばろうよ」と、逆に母親のわたしを励ましてくれます。

実家には、両親とまだ結婚しない弟が住んでいましたが、わたしが同居させてほしいと申し入れると、一番喜んだのは弟でした。

「よかったよ。姉貴が帰って来てくれて。俺、このままずっとおやじとおふくろ、二人の面倒を見ないといけないのかな、って将来を思うと気が重くなって。姉貴がいてくれたら、おやじもおふくろも心強いしね」

両親は当時まだ六十代後半で、父は建設会社を退職後も、趣味を生かして頼まれた知人の庭の手入れなどに出向いていましたが、作業中にはしごから落ちて怪我をして以来、足腰の調子がすぐれないということでした。母は心臓に持病があり、いつ家事がこなせなくなるかわかりません。独身の弟には二人の世話が心理的に負担になっていたようでした。

「いままで、お父さんとお母さんをあなたに押しつけていてごめん。これからはわたしが面倒見るから」

その言葉を待っていたかのように、弟は実家を出て行きました。結婚を約束しているような恋人がいたわけではなく、ただ一人暮らしがしたかったみたいです。

父親不在の三年間で、娘は母親と二人だけの生活リズムにすっかり慣れてしまったのでしょう。自分たちを捨てた父親に恨みを持っていなかったはずはないのに、ひとことも話題にすることなく、ひたすら受験勉強に打ち込んでいました。そして、努力のかいがあって、第一志望の国立大学に合格しました。

そのころには、別れた夫から振り込まれていた養育費も滞りがちになっていました。子供も生まれたと聞いていたので、あちらの家庭も生活が苦しいのだろうと察して、請求するのは控えていました。娘が「わたしたちを捨てたお父さんにはもう頼らない。わたしが力をつけて、一日も早くお母さんに楽をさせてあげるから」と、嬉しい発言をしてくれたのです。娘は奨学金を借りて進学し、都内のアパートで一人暮らしを始めました。

一人娘がまっすぐに、優秀に、たくましく育ってくれたことがわたしの誇りでした。

大学を卒業した娘は、大手商社に就職しました。わたしたちの時代にはなかった総合職と呼ぶのでしょうか、男女の区別なく仕事が与えられ、能力と成果に応じて評価が下される厳しくもやりがいのある職場のようでした。

二年目までは盆暮れに帰省していた娘ですが、三年目からは国内に加えて海外出張も増えて、正月休みに日帰りで顔を出すのがやっとの忙しさになりました。娘が過労で倒れてしまわないか心配で、もっと頻繁に休みをとって来てほしかったけれど、彼女にも奨学金という借金があり、一生懸命働いて返済しなければならないのです。

わたしのほうも、七十代後半にさしかかった両親がかわるがわるに身体のどこかに不調を訴え、そのたびに病院に付き添わねばならず、手がかかって大変です。パート勤めも休みがちになり、そういう年代だから仕方ないか、とため息をつく日々が続きました。

そして、父が七十八歳のときに、脳梗塞で倒れて入院したのです。退院後は自宅での介護生活になり、母とわたしは交替で身のまわりの世話をしました。父を預ける施設を探したのですが、費用の問題もあり、なかなかいいところが見つかりません。弟の助けを借りたくとも、その弟は「自分にぴったりの楽園を見つけた」などと言って、昔の仲間に誘われて沖縄に移住してしまったのです。沖縄で友人が経営するバーを手伝う弟はあてにはできません。

「どうしたの？　こんなに散らかして」

ようやく休みがとれたある日、娘が家に入るなり、目を丸くしました。「お母さん、整理整頓が得意で、小さいころからわたしに『きちんと片づけなさい』ってうるさかったじゃない。それなのに、こんなに家の中が雑然としていて」

「仕方ないじゃない。おじいちゃんは寝たきりだし、おばあちゃんは一昨日から具合が悪くて横になっているし」

ちょうど母が体調を崩して、二人の世話でてんてこ舞いのときだったのです。介護も家事もわたしの肩に重くのしかかり、買い物に行く時間もなければ、ゴミの処分や家の中の片づけなどにも手が回りません。そのときは、「お母さんも大変ね。わたしももうちょっと時間がとれればいいんだけど」と、娘がかわりに車を出して介護用品や食料品などを買いに行ってくれました。

八十歳の誕生日を迎えてまもなく父は亡くなりました。その翌年、父のあとを追うように母も虚血性心疾患で亡くなり、わたしは実家に一人きりになりました。沖縄に骨を埋める覚悟を決めた弟は遺産相続の放棄をしたので、実家はわたしが相続することになりました。

――ここで生まれて、ここで死ぬ人生になるのね。

わたしは、自分が歩んできた人生の各場面をぼんやりと思い起こして、そう思いました。自慢の一人娘が来るのを楽しみにするだけの独居生活は、一年、二年と過ぎていきます。気がつけば、もう六十歳も目前です。その還暦を前に、一人娘が香港に転勤になり、いっそうの寂しさに襲われていたころでした。

スーパーで思いがけない再会を果たしたのです。不意に名前を呼ばれて振り返ると、同じくらいの年齢の女性が笑顔を向けています。顔を見てもすぐには思い出せなかったけれど、話しかけてきた声で、「ああ、真理ちゃんね」と思い出しました。小学校時代、転校するまですごく仲がよかった同級生です。

故郷にUターンして実家暮らしをしているのだから、昔の友達と再会しても不思議ではありません。

「わたし、結婚してからずっと千葉のほうに住んでいるの。一昨年父が亡くなって、母が一人になっちゃったから、ときどき様子を見に実家に通っているのよ。母ももう八十五。

一人暮らしが心配で、千葉のうちに引き取ろうかなんて話も出てるの。だけど、向こうのほうもいろいろ事情があってね。夫の両親はまだ健在だし」

ずっとこっちに住んでいたの？　と聞いたわたしに、真理ちゃんがそんなふうに家庭の内情を答えたので、わたしも質問される前に、夫は単身赴任中に子持ちのフィリピン女性と深い関係になって離婚したこと、商社勤務の一人娘は現在は海外にいること、両親が亡くなり、実家で一人暮らしをしていることをあからさまに伝えました。

「へーえ、そうなの。わたしたちくらいになると、どこに行っても親の介護の話で盛り上がるわ。そういう年齢なのね。バツイチの人もいれば、没イチの人――ああ、伴侶を亡くした人のことね――、子供も独立して、もう孫がいる人もいる」

真理ちゃんは苦笑しながら言うと、「人生いろいろね」と言い添えました。

「本当にそう。人生にはいろんな波があるわね。あのころには想像もできなかったけど」

わたしもそう受けて、深いため息をつきました。長い年月を経て、二人とも同じように喪失を経験して、ようやく真理ちゃんと仲直りができたと思いました。

「そう言えば、工藤佳代子《かよこ》さんって憶えてる？」

真理ちゃんが工藤さんの話題を出してきました。

「あ……ああ、うん。あの背が高くて体格のよかった人ね」

忘れてはいません。「落とし物」とか「拾得物」などというキーワードをどこかで見聞きするたびに、罪悪感のような苦い感情とともに思い出す女性です。

「そう、工藤さん、中学生にしては背が高かったけど、長身のはずよ。彼女にはロシアの血が流れていたんだもの」

「ロシアの血？」

「日本人のおじいさんがロシア人の女性と結婚して、生まれたのが彼女のお父さんで、彼女はクォーターだったのよ。何だか威圧感があって、わたし、彼女につき合わされていたというか」

真理ちゃんは、ちょっとばつの悪そうな表情で言いました。

「そんなこと、全然、知らなかった」

「知らなくて当然かも。わたしは彼女から教えてもらっていて、『みんなに黙っててね』って口止めされてたの」

「そうだったの」

いまになれば、ハーフだろうとクォーターだろうと、大した秘密ではないかもしれません。けれども、当時の田舎の中学生にとっては大きな隠し事だったのでしょう。共通の秘密が、わたしの入る余地がないくらい二人の少女を強く結びつけていたのかもしれません。

「工藤さんがどうしたの？」

不穏な空気が流れ始めました。

「あの人、死んじゃったのよ」

真理ちゃんは声を潜めて言い、わたしは息を呑みました。

「つくづく運のない人というか、不幸が重なってね。婚約者が事故死して、そのあと心の支えだった母親も病気で亡くなって、生きる気力をなくしたのね。彼女自身も病気をして、そのあと心も病んでしまったらしく、自ら命を絶ったそうよ」

「真理ちゃん、工藤さんとは交流があったの？」

「彼女が関西に引っ越してから、年賀状のやり取りくらいはしてたのよ。でも、婚約したって手紙がきてから、いつ結婚するのかな、って待ってたら、喪中のはがきが届いてね。お母さんのことも喪中のはがきで知って。彼女が自殺したのは昔の同級生から聞いたわ」

「それは……知らなかったわ」

糸が絡まったようなもやもやした不快感と割りきれなさが、胸に広がっていきました。

「あれがきっかけかな、なんて思っちゃってね」

真理ちゃんは、自分で言っておいて、「まさかね、そんなことはないよね」と否定しました。

「きっかけって？」

あのことに違いない、という確信がわたしの中に芽生えていました。

「中学一年のとき、工藤さんがなくしものをして騒いだ事件があったじゃない。憶えてる？」

「ああ、うん。何だったか……海外みやげとか」

「うん、そう。鏡つきの口紅ホルダーね」

真理ちゃんは、指先で自分の唇に口紅を塗るまねをしてみせてから、こう言葉を紡ぎました。「工藤さんがすごく大切にしていたものだったの。わたしに見せるために、あの日、学校に持ってきたのよ。昇降口でそっと見せてくれて、そのあと鞄に入れたから、帰り道で落としたはずなんだけど、見つからなかったのよね。『見せて、見せて』ってわたしがせがんだから、あんなことに……。何だか責任を感じちゃってね」

「そんなに大切なものだったの？」

「ロシア人のおばあちゃんから譲り受けたものだったとか。ヨーロッパの古い雑貨みたいだけど。『これはお守りだから大事にしてね』ってもらったものをなくしたから、彼女はパニックになっていたんじゃない？　そのころ、彼女のところは両親の仲が悪くて、離婚するかどうかでもめていたみたいなの。それもあって、急に引っ越したんだけどね。だから、余計お守りの力にすがりたかったのかもしれない。結局、両親は離婚して、工藤さんはお母さんに引き取られることになったのね」

「そのお守りがわりの口紅ホルダーをなくしたから、工藤さんの人生は不幸続きになったってこと？」

「まさかと思うけど、なくしたあとの彼女の落ち込みようを見たら、それもそうかな、なんて思ってね。彼女、あのあと不登校になったでしょう？　お守りをなくしたことで生きる気力を失って、人生の歯車が狂ったとしか思えなくて」

真理ちゃんは、辛気くさい話になってごめんね、と言うと、昔と変わらぬ屈託のない笑顔を作って、世間話に切り替えました。

5

母の実家に行くのは、半年ぶりだった。九州や北海道に住んでいるわけではない。電車で片道二時間弱の距離なのだから、行こうと思えば行かれる。だが、その時間がいまの千《ち》恵美《えみ》には捻出できないのだ。香港で新しいプロジェクトが立ち上がり、日本に一時帰国できても、大半の時間は仕事関係に費やされる。

けれども、電話は頻繁にかけている。還暦を過ぎた母は、一人暮らしをしているからといって、まだまだ不安に思うような年齢ではない。現在はパートの仕事は辞めているが、そのうちまた始めたいと言っていた。

千恵美は、先月三十六歳になった。まわりの同僚たちはなぜか結婚するのが早くて、気がついたら自分だけ取り残された形になっている。だが、仕事に没頭すればするほど、乗り越えなければならない課題が次々に生じ、それをクリアするのが楽しくて、婚活パーティーなどのイベントに参加する時間が持てずにいる。

千恵美は、昔から父親より母親のほうが好きだった。家庭的で料理上手で、家の中はつねにきれいに片づけられていた。手先も器用で、娘が好きなキャラクターをフェルトを使って作ってくれたりした。それを学校帰りに落としたときも、一生懸命探してくれた。その数日後に母が流産したことに、千恵美は小さな胸を痛めたものだった。

単身赴任先で女を作り、自分たちを捨てたとはいえ、それまでの父は、家庭に関心を示さなかったわけでもなかったし、ごく普通のどこにでもいる父親だったと思っている。だが、「転勤族」というその一点だけで、千恵美には許容しがたい父親像だったのである。父が転勤になるたびに、母も自分もひっくるめて父の転勤先の知らない地に転居させられたり、転勤先の学校に転校させられたりするのが、理不尽かつ苦痛でたまらなかった。が、子供の自分に抵抗する力はないとわかっていたし、抵抗したら母が悲しむだけだともわかっていた。それで、どこに転校になろうと笑顔を振りまく努力をし、やがてそれが自然に身についてしまった。

だから、せめて転校させられないようなレベルの高い中学校に入ろうと、一生懸命に勉強したのだった。

そして、将来は、男性と同等の力をつけて、同等の仕事ができる職場に入ろうと考えた。

――夫の転勤先に妻や子供がついて行くのが自然。

そんな考えをあたりまえとしない価値観のもとで、仕事をしたかったのだ。

大学進学のために借りた奨学金も、先日ついに完済した。

これからは、苦労をかけた母のために親孝行をしたいと思っている。

玄関の門扉を開いたとき、家の中から異臭が漂ってきた気がして、千恵美は鼻をうごめかせた。何かが腐っているような匂いだ。

ふっと昨夜の電話の会話が脳裏によみがえった。

「お母さん、明日そっちに行くからね」

「いまどこ？　日本？」

「日本に決まっているじゃない」

香港から一時帰国したことは、その前日の電話で告げていた。

「あ……ああ、そう。じゃあ、待っているからね」

一人娘が久しぶりに来るとわかって、母の声は弾んでいた。

――最近、どこかちぐはぐな会話なのよね。

千恵美は、ここ数か月の電話での母とのやり取りを思い起こして、不安に襲われた。最近の母は、少し前に電話で言ったことを忘れたり、同じ話を何度も繰り返したりする。

――認知症が始まったとか？

まさかね、と即座に胸の中で打ち消した。まだ六十歳を過ぎたばかりなのである。認知症にかかるには早いのではないか。けれども、六十四歳以下で発症する若年性認知症というものもある、と雑誌で読んだ記憶がよみがえる。

胸が圧迫されるような思いでドアを開けると、一面グリーンの光景が目に飛び込んできた。

千恵美は、声を失った。それは、こちらの地域で指定されている燃えるゴミの袋だった。ゴミを詰めて膨らんだ緑色のポリ袋がいくつも積み重なっており、よく見ると、透明な袋もそのあいだにいくつか押し込まれている。

「お母さん、どうしたの？」

千恵美は、奥に向かって声を張り上げた。もうこの家には、介護が必要な老齢者はいないはずだ。祖父も祖母も亡くなっている。介護で忙しくて、ゴミの処分にまで手が回らない状況に置かれているとは考えにくい。

「ああ、千恵美。お帰りなさい」

と、母が満面に笑みを浮かべて玄関に現れた。

「どうしたの？　こんなにいっぱいゴミ袋ばかり」

自分の家のゴミだけではこんな数になるはずはない。周辺から集めて来ないかぎり。

「千恵美、一緒に探してちょうだい」

顔をしかめて言うと、母は玄関を埋め尽くしたゴミ袋の大群を指差した。「この中に入っているはずなの。探して、見つけて、返してあげなくちゃいけないの、あの人に」

「あの人……って？」

そう問う声が小刻みに震えた。

「ほら、あの人よ」

笑顔で答えた母だったが、次の瞬間、気が抜けたようなポカンとした表情になると、「誰だったかしら。ねえ、誰だった？」と、逆に娘に聞いてきた。

千恵美の全身の皮膚が粟立った。

罪を認めてください

——「毒殺」

1

人の子を殺《あや》めておいて、なぜ彼女は罰せられないのだろう。

殺人事件なのに、なぜ警察は捜査しようとしないのだろう。「犯人はあの女に違いありません」と訴えたというのに。

彼女は、罪を公に認めようとしない。彼女の犯行であるのは明らかなのに、わたしには謝罪のひとこともないのだ。

これでは、死んだあの子は浮かばれない。だから、わたしが仇《かたき》を討とう。

毒を盛って殺されたのだから、復讐の仕方は一つしかない。

毒殺だ。

2

ひととおり家の中の掃除を終えると、直美《なおみ》は和室へ行き、仏壇の前に立った。

仏壇の掃除は最後と決めている。誰も住んでいない家でもほこりはたまるものだ。動く者がおらずとも、わずかな隙間から入り込む外気によって室内の空気が微妙に動かされるのだろうか。都内から宇都宮《うつのみや》の実家に帰るたびに、金仏壇の黒く塗られた木地にうっすらと白いほこりが積もっている。

直美はきれいな雑巾でほこりを拭き取ると、茶湯器の水を新しいものに替えた。ついでに、高杯に懐紙を敷いてみやげの茶饅頭を供えた。

「ごめんね。毎日来られなくて」

取り替える前の白く濁り始めた水の色を思い出して、小声で両親にあやまったが、すぐにこう言葉を継いだ。「でも、当分はここにいることになったから。毎日、新鮮なお水とご飯をお供えできるよ」

――当分って、いつまで？

写真の中の母がそう問うた気がして、「わからない」と直美は首をすくめた。

本当に自分でもわからない。いつまでいまのような宙ぶらりんの状態が続くのか。失職してから一週間。まだ一週間と思うが、何も行動を起こさなければ、このままいたずらに時間だけが過ぎていき、生活が逼迫《ひっぱく》するのは間違いない。

四十四歳。独身。子供をほしがっている男性との結婚は望めない年齢だし、年金生活まではまだ二十年近くある。何とも中途半端な年齢だ。本来であれば、仕事面でも責任が重くなり、やりがいも増して、もっとも脂がのる年代のはずである。

ある時期まではそうだった。やりがいのある仕事だと思っていたし、まじめな仕事ぶりを周囲に評価されているという自覚もあった。

「せっかく薬学部まで行かせてもらったのに、ごめんね」

遺影に向かって、ふたたびあやまった。

一人娘とはいえ、子供を私立の薬学部に進ませて、無事卒業させるまでに両親がどれほど骨を折ったか。直美の父は中小企業のサラリーマンで、母は基本的には専業主婦で、ときどきパート勤めに出ていた。けっして裕福な家庭というわけではなかった。直美も大学に通いながら家庭教師のバイトをしたが、薬学部の勉強は厳しい。都内で一人暮らしをしていたこともあり、バイト代は家賃の一部にしかあてられなかった。

しかし、とにもかくにも、直美は薬剤師になった。

両親の目的が「自分たちがいなくなっても経済的に困らないように、一人娘のおまえを自立させたい」だったのだから、それを果たせただけでも親孝行したことになるだろう。

「だけど、こんなに早く二人ともいなくなっちゃうなんてね」

直美は声に出してみて、自虐的に笑った。

父は一昨年、母は去年、亡くなった。父親は肝臓を壊して半年ほど闘病していたが、母親のほうは、くも膜下出血で急死という形だった。「どこまで仲がいいのよ」と言いたくなるほどの、まるで示し合わせたかのような七十歳というきりのいい享年だった。

直美が生まれたときは、宇都宮のこの家には父方の祖父母が一緒に暮らしていた。直美が中学生のときに二人とも他界し、大学に進学すると両親だけの生活になった。

「大学を卒業したら、こっちの病院に勤めれば？」

両親にそう勧められたが、そう都合よく実家の近辺に希望に叶う職場があるはずもなく、大学関係者の紹介で都内の総合病院に就職した。街の調剤薬局よりも院内薬局のほうが人気が高く、そこのポストを得られただけで嬉しかった。

ひたすら仕事に打ち込んだ。恋愛も五本の指で数えられるくらいはした。が、いずれも結婚によって現在の職場を辞めざるをえない立場の相手ばかりだった。縁がなかったとしか言いようがない。

三十代半ばまでは、「こういう話があるんだけど」と、栃木県内の知り合いから持ち込まれた縁談を持ちかけてきていた母も、それを過ぎると諦めたのか、結婚のけの字も出さなくなった。関東圏にあり、そう遠い実家ではない。用事を作らない週末には両親の顔を見に帰省する日々を送っていた。

勤務して十六年目。係長の肩書きもついたときに、あの事件が起きた。

赤字になりかけた病院の経営を立て直そうと、経営母体の法人組織が変わったことがきっかけだったのかもしれない。営利主義のトップの考えに反発したのか、医師が何人か相次いで退職し、手術の際の麻酔科医が不足しているという話は耳に入っていた。

「うちの病院、歯科の岡田《おかだ》先生が麻酔を担当しているんですって」

「いいのかしら」

「手術数が多くて、麻酔科医が足りないから仕方ないいんじゃないの？」

「だめでしょう。それって法律違反でしょう？」

「そうだけど……」

食堂で、看護師たちの会話を小耳に挟んだのが最初だった。

――本当だろうか。

半信半疑だったが、事実であれば大ごとである。手術時の歯科医の麻酔科研修に関しては、担当の医師の指導がないと医師法違反とされる。いくら医師不足だとはいえ、歯科医が無資格医療を行っていいはずがない。

――何か事故が起きてからでは遅い。

直美は、まず薬剤部長に「そういううわさがありますが、本当でしょうか」と聞いてみた。だが、薬剤部長は「うわさはうわさだからね。よその科のことはよくわからんよ」と返しただけで、さして驚いたそぶりも見せなかった。

「確認しなくてもいいんでしょうか」

「薬剤師が医師に？」

薬剤部長は目を見開いて、「それはごめんだよ」と苦笑しながらかぶりを振り、真顔になると、「正木《まさき》さん、おかしなこと考えてないよね。めったなことは言わないほうがいいよ」と、釘をさす言い方をした。

――黙っていろ、という意味なんだわ。

場の空気からそう察したし、薬剤部長が尻ごみするのだから、部下の自分が医師に直接言っても無駄だと思った。そんな勇気もなかった。

見て見ないふりをしたままひと月たち、食堂で偶然、岡田歯科医と一緒になったとき、直美は思いきって「麻酔科の先生、見つかりましたか?」と聞いてみた。手術のときに医師にかわって麻酔を担当していますよね、とはさすがに切り出せなかったからだ。

岡田歯科医は、こちらが面食らうほど狼狽の表情を見せて、何も言わずに立ち去った。

――罪悪感があるせいだろう。

自らも違法行為をしているという認識があるに違いない。

――わたしのあのひとことが警告になったかもしれない。

これで改善されるだろう、と期待していたのに、事情は変わらないままだった。直美は、麻酔科医不在の手術室に入る岡田歯科医の姿を目撃してしまったのである。

――もう待てない。

心を決めた直美は、過去に医療過誤の記事を週刊誌に書いて有名になったジャーナリストに匿名の手紙を送ることにし、勤務先の病院での実態を明らかにした。

不正が暴かれるのは早かった。ジャーナリストは内々に調査を進めていたのだろうか。もしかしたら、辞めた医師を通じて、確実な情報を得たのかもしれない。ある日、スクープの形で週刊誌の表紙に勤務先の病院名が大きく載った。「歯科医が手術時の麻酔を？常習化を内部告発！」と、記事の見出しはそれよりさらに大きくなっていた。

警察が病院に調査に立ち入ると、院内は大騒ぎになり、一時的に患者が激減した。岡田歯科医は退職した。

しかるべき行政処分が下されてホッとしたのもつかの間、「内部告発者は誰だ」と、犯人探しが始まった。

薬剤部長に面と向かって、「正木さん、君か？」と聞かれたわけではなかった。もしそう聞かれたら、そうです、と答えたかもしれない。だが、自分から名乗り出る必要はないと思っていたから、そうしなかったのだ。

そこから、直美への嫌がらせが始まったのだった。薬剤部の中で処方箋を見せてもらえない、入院患者への服薬指導の担当からはずされる、新薬の情報を与えてもらえない、食堂に行っても直美のそばには誰も座らない、話しかけてももらえない、薬剤部に顔を出す医師が、直美を除外してカルテを渡す。要するに、院内中からパワーハラスメントを受けたのである。上からの指示だったのか、各自の自発的な行為だったのか、それはいまでもわからない。

「どうして、こんな理不尽な目に遭わないといけないのでしょうか」

分別があるはずの五十代の薬剤部長を、たまらずに問い詰めた。

「内部告発したからに決まってるだろう? 状況証拠がいろいろあるから、正木さんに間違いないよね。君は仲間意識が希薄なんだよ。まわりに裏切り者だと見られているのは、自分でもわかってるだろう? 君が病院に与えたダメージは大きい。巡り巡って窮地に立たされるのは、中で働いているぼくたちなんだよ。だから、あのとき忠告したのにさ」

返ってきた言葉がそれだった。

——まるで、患者のことなど考えていない。

こんな職場にはいられない、と直美は思った。長年勤めた病院を辞め、充電期間を設けて、再就職したのが某私鉄駅前の調剤薬局だった。

ところが、三年勤めると、そこでも似たようなことが起きた。経営者が変わり、チェーン展開している調剤薬局の傘下に入った直後、薬局内で不正が行われるようになったのだ。

ある日、出勤すると、数週間前に契約事務員として雇われたはずの若い女性が白衣を着て、薬品が棚に並べられた調剤室にいる。「どうしたの?」と聞くと、経営者に今日から中に入って調剤をしろ、と指示されたのだという。当然ながら、処方箋に基づく薬剤の調合や、投薬をチェックする監査は、資格を持った薬剤師しかしてはいけない。

「上に言わないと」

しかし、そう言って行動を起こそうとしたのは直美だけで、まわりの同僚の薬剤師は誰も動こうとはしない。

「人件費削減のために、どこでも多かれ少なかれ、やってることでしょう？」

「上の命令ならいいんじゃないの。わたしたちだって、アシスタントがほしいときもあるし」

「錠剤を揃えるくらいだったら、誰でもできるでしょう」

同僚の反応に驚いた直美は、「見過ごせないわ。区の薬剤師会に報告すべき問題じゃない？」と反論した。それが、どう経営者に伝わったのか、薬剤師会に直美が報告する前にここでもまた嫌がらせが始まったのだった。出勤しても全員に無視され、処方箋を回してもらえず、ロッカーの鍵まで壊された。

「あの人、融通がきかないんだから」

「正義面《づら》して鼻につくよね」

聞こえよがしに言う同僚もいた。

こんなひどい仕打ちを受けてまでいるつもりはない。突きつけた退職届はすんなり受理された。杉並のアパートを片づけたり、退職後のいろんな手続きを済ませたりしてから、両親が亡くなって空き家になっていた実家に戻って来た。だが、何もせずに身を引いては気持ちがおさまらない。

宇都宮に向かう前に、区を飛び越えて都の薬剤師会に電話して、辞めた調剤薬局の名前を挙げて不正を告発してきた。

「ああ、すっきりした、と言いたいところだけど、そうでもないの」

母の遺影に向かって、直美はひとりごとをつぶやいた。元の職場は東京都薬剤師会から勧告を受けたかもしれないが、「はい、わかりました。是正します」という表面上のやり取りで終わったことだろう。せっかく見つけた第二の職場なのにバカなことをしてしまった、という悔いもわずかに残っている。

「正直者がバカをみる。あなたを見ていると、そのことわざを思い出すわ」

生前、直美の母は、苦笑しながら言ったものだ。

「だって、親からそういう名前をつけられたんだから」

そのとき、直美はそう切り返した。

正木直美。姓と名の最初の漢字をつなげると、「正直」になる。

——名は体を表す。

その言葉どおりだと、小さいころから周囲にからかわれたり、感心されたりしたが、前者のほうが多かった。

小学三年生のときに、担任教師が病欠して、一時間作文の時間になったことがあった。

黒板には「おしゃべりしないで、静かに作文を書きましょう」とチョークで書かれてあった。それでも、誰が口火を切ったのか、いつのまにか好きな漫画がテーマの雑談になり、それを注意する者もいなかったので、時間内に作文を仕上げられない者が続出した。直美は作文を書き終えてはいたが、後日、担任教師が「あの時間、おしゃべりしていた人は誰かしら。先生、怒らないから、みんな目をつぶって、おしゃべりに加わった人は手を挙げて」と言った。

直美は、おしゃべりを始めたグループに入ってはいなかった。けれども、隣の子が雑談に加わり、直美にも意見を求めてきたので、直美もひとことふたこと話したのは事実である。それで、言われたとおりに目をつぶって手を挙げた。目をつぶっていたから、ほかに誰の手が挙がったのかはわからない。

しかし、あとになって、自分以外に誰も手を挙げなかったことを、PTAの会合に出席した母を通じて知らされたのだった。

「先生は、ちゃんとあなたの性格をわかってくださったわ。直美さんが率先しておしゃべりをするはずがありません、作文も書き上がっていました、一人だけ正直に手を挙げたのでしょう、とおっしゃってたわ」

自分がうそをつけない性格だとは、直美は思っていない。小さいうそならいくつもついたことはある。だが、社会通念上、悪いと思われることや醜悪だと思われること、つまり、不正や倫理観の欠如を見過ごせない性格だとは思っている。

そんな性格が裏目に出て、二度も職場を去るはめに至ったのである。

「これからどうしよう」

写真の母に語りかけた。庭先からカラスの高い鳴き声が返ってきて、〈ああ、そうか、明日は燃えるゴミの日かしら〉と、直美の意識は現実の日常に引き戻された。

両親が亡くなり、実家が空き家になってから、遺品の整理などの片づけを進めている。手紙や日記の類は、目を通すと手が止まってしまうので、中を見ずに燃えるゴミとして少しずつ出すようにしている。

——やっぱり、東京の住まいを引き払って、ここに住もうかしら。仕事もこのあたりで探して……。

そういえば、いつだったか、どこかのドラッグストアのチラシが郵便受けに入っていた。そこに薬剤師募集の広告が載っていた気がする。またチラシが投げ込まれているかもしれない。そう思って、表に出てみた直美は、門扉の脇に白と黒の奇妙な物体がころがっているのを見つけた。

ひいらぎを巡らせた生垣の前には泥棒よけにと細かな砂利を敷いているのだが、ひいらぎの生垣と砂利道の隙間に挟まった形だ。

輪郭のぼやけた不安を覚えて近づいて、ギョッとした。

やはり、そうだ。猫だった。口から何かを吐き出し、ぐんにゃりと横たわる猫。ひと目で、息絶えているとわかった。

3

猫の死骸を前に、ハンカチで目元を押さえ、嗚咽《おえつ》を漏らし続ける飼い主の女性の姿を、直美は声をかけられないままに見つめていた。

「ケン、ケン」

飼い猫の名前を呼びながら、十分は泣き続けていただろうか。やがて、顔を上げた飼い主は、視線を仏壇の写真へと向けた。

「ご両親ですか？」

うわずらせた声で飼い主が聞く。

「はい。一昨年父が、去年母が亡くなりました。その後ろには、祖父母の位牌もあります」

「じゃあ、いまはここにお一人？」

「あ……そうです」

どう答えようか、少し迷ったが、現実はそうだからそう答えた。

「取り乱してしまってごめんなさい」

視線を仏壇から直美へと移して、飼い主は言った。

「いいえ。お気持ちはわかります。わたしも昔、ここで犬を飼ってましたから」

直美は、神妙に言葉を返した。小学校に入ってすぐに子犬を飼い始めたのだが、三年もたたないうちに病気で死んでしまい、「もう二度と生き物なんて飼わないからね」と、嘆きと怒りで家族に宣言した自分を思い起こし、目の前の飼い主と重ね合わせた。

いちおう神聖な死体、いや、死骸である。だから、仏間に新品のバスタオルを敷いて、その上に死んだ猫を横たえて、飼い主を迎え入れたのだった。

生垣と砂利道の隙間に挟まれた猫の死骸を発見した直美は、どうしたものか、と大きなため息をついた。子猫ではなく成猫で、首輪をしているからどこか近所の飼い猫だろう。このままにしておくわけにはいかない。とりあえず、玄関に運び入れて、首輪をチェックした。

緑色の革の首輪には内側に真鍮《しんちゆう》のプレートが貼られていて、漢字と数字が彫ってある。「横森」というのは飼い主の姓で、数字は電話番号だろうと推測できた。番号から近隣だということも察せられた。猫の行動範囲は、半径五百メートルから一キロくらいと言われている。

それで、電話をしたところ、事情を知った飼い主の横森が血相を変えて駆けつけて来たというわけだった。

見たところ、七十歳前後の年齢のようだ。近隣住民とはいえ、顔見知りではない。だが、横森《よこもり》のほうは、交流はなかったものの、直美の家を知っていた。正確な場所を伝えずとも、クリーニング店や駐車場などの目印を告げただけで、「わかります」と言うなり電話を切ったからだ。

「同じですね」

と、横森は、直美にというより、自分に言い聞かせるように言った。「この子を失って、わたしも一人になってしまいました」

その言葉に痛いほどの孤独感がまつわりついていて、直美は返す言葉に詰まった。

「あの……ケンちゃんと名づけられていたんですね」

彼女の飼い猫は、正木家の敷地内で死んでいたのである。まず、「なぜ、お宅に？」と、問い詰められても不思議ではない。

「ええ、ケンです。犬につけるような名前だと思われるかもしれませんね。男の子でしたし、この子にぴったりの名前に思えて」

横森は、手を伸ばして愛猫の頭を撫でながら言った。

「見つけたときは、もう息がなかったんです。吐き出したものに血が混じっていたので、何か悪いものを食べたとしか考えられませんが、うちでは除草剤を撒いた憶えはないし、いまはそういう季節でもないですしね」

言い訳がましく聞こえないように、同情の感情を言葉に載せる。落ち葉の始末に手を焼いた時期も過ぎ、本格的な冬を迎える前である。

「わかっています」と、横森は低い声で応じた。

安堵した直美が、「どこかで何か悪いものを口にしたのでしょうか。それで、うちの敷地を通り抜けようとして、そこで力尽きて……」と言いかけたのを、「犯人はわかっています」という衝撃的な言葉で遮られた。

「犯人って……」

「ケンは、毒殺されたんです」

あえて「毒」という言葉を使うのを避けた直美に、横森は「殺」までつけて、腹から絞り出すように言った。

「ケンがうちに来たのは、三年前でした。それまでこの子は野良だったんです。野良の習性が消えなくて、家の中に閉じ込められるのを嫌がっていました。だから、なるべくこの子の好きなようにさせていたんです。どこまで散歩に行って、どういうルートで帰って来るのか、大体わかっていました。散歩からの帰り道、ケンはお宅の敷地を通らせていただいていたのでしょう。そこの生垣をくぐり抜けて道に出て、それから角を曲がってまっすぐ行って、わが家に戻る。それが日課だったんです」

「そうですか。留守がちでしたので、気づきませんでした」

この一年間、空き家にしておく時間のほうが長かったのである。

「あの、それで、犯人というのはどなたのことですか？」

それが一番気になる。

「ケンが口から吐き出していたというもの、持ち帰らせていただいていいですか？」

質問に答えるかわりに、横森は言った。

「ええ、それはもちろん、かまいませんけど」

獣医に見せれば、胃の内容物が判明するだろうか。農薬か害虫駆除剤か。毒性の強いものには違いない。

「汚してしまってすみません。新しいものをお返しします」

愛猫の死骸を白いバスタオルでくるむと、横森は愛おしそうに抱きかかえた。おろしてのバスタオルは眩しいほどの白さで、彼女の飼い猫は母親の腕の中で眠っている新生児のように見える。

「お気遣いなく。せめて、ケンちゃんをきれいなタオルで弔ってあげてください」

すらすらとそんな表現が口をついて出たことに、直美はわれながら驚いた。横森に「この子」と呼ばれ続けたためか、つい死んだのが猫だということを忘れそうになっている。

玄関で、花壇に種を蒔くときに使う小さなシャベルを渡すと、横森は生垣の前にかがんで、手際よく砂利の周辺の異物をビニール袋に詰め込んでいた。

「ご迷惑をおかけしました。ケンのこと、忘れないでくださいね」

横森は小さく微笑むと、愛猫の死骸とともに帰って行った。

4

翌日、直美は、一時間ほど実家のまわりを歩いてみた。高校は電車に乗って通う距離にあったが、小中学校は地元に通っていた。そのわりには、当時の同級生に会うこともない。そもそも、住宅街には散歩している人の姿がない。そうか、平日の昼間だから、普通の人は働いている時間帯なのだ、いまは主婦も忙しいからのんびり散歩などしていられないのだ、と思い至り、改めて失業の身を意識させられ、嘲笑したい気分に陥《おちい》った。犬を散歩させる時間帯からもはずれているのだろう。

実家が加入している自治会の会長宅は知っている。自治会長の長谷川《はせがわ》の家の呼び鈴を押した。

会長の長谷川自身が応対した。

「その節はお世話になりました」

持参した菓子折りを差し出して、直美は言った。母が亡くなったのを伝えたときに、自治会から丁重に香典を渡されたのだった。

「こちらに帰って来たの？」

自分の父親と同年齢くらいの会長が気さくな口調で聞く。

「ときどき実家の片づけに来ています。今回はちょっと長く。いずれはこちらに、と思っているんですけど……」

「それはよかった。若い人が戻ってくれるとありがたいよ」

言葉を濁した直美に、そう決めつけて言うと、会長は笑った。わたしも若い人にカウントされているのね、と何だか面映《おもは》ゆい気持ちになる。

「つかぬことをおうかがいしますが、このあたり、野良猫は多いですか？」

いきなり横森家の飼い猫のことを聞くのも、と迷って、そんな質問から入った。

「もしかして、あのうわさを気にしておられる？」

会長は、長く伸びた眉毛を寄せた。「この春から二匹、このあたりで野良猫がおかしな死に方をしててね。明らかに毒物を食べて死んだような感じで」

「保健所が動いたりしているんですか？」

「いちおう知らせはしたけど、それからとくに連絡はないね。農薬か猫いらずでも口にしたんじゃないか、と見ているんだけど、餌に混ぜて与えた人がいるんじゃないか、と言う人もいてね。拾い食いさせないように、とペットを飼っている人に注意を促しているくらいかな」

渋い表情を作った会長は、ああ、そういえば、とうなずいて、「おい、お母さん」と、奥へ呼びかけた。

エプロンをつけた会長の妻が現れた。

「昨日、横森さんの奥さんが猫を抱いていたのを見たとか言ってたよな」

「ああ、ええ、こう白いタオルにくるんで」

と、会長の妻は赤ん坊を腕に抱く格好をしてみせて、「話しかけようとしたら、顔を隠して、逃げるように行ってしまって。あそこ、猫ちゃんを飼われているでしょう？　どこか怪我して、動物病院に連れて行くところかしら、なんて思ったんだけど」と語を継いだ。

「そうですか」

横森は、自分の飼い猫が死んだことを会長の妻には話さなかったのだ。

「横森さんは、いま一人暮らしをされているんですよね」

「ええ、何年前だったか、もう五年くらいになるかしら、ご夫婦で東京から越して来られてね。こちらに挨拶にいらしたけど、奥さんはもの静かな方で」

直美の質問に答えたのは、会長の妻だった。「お二人で地域にもだんだんと溶け込んでくださるかな、と期待していたんだけど、残念なことに、一年もしないうちにご主人が病気で亡くなってしまってね。お子さんがいらっしゃらないご家庭だとか。それからは、猫ちゃんが唯一の家族みたいなものなんでしょうね」

「ご夫婦が入ったのは、空き家だったところですよ。このあたりも、ほら、空き家が急増しているでしょう？　都会から来て住むにはちょうどいい場所なんでしょうね。田舎すぎず、都会すぎずで」

会長は、妻の言葉のあとを引き取った。

5

――犯人はわかっています。

そう断言した横森がどうにも気になる。飼い猫が最後に口にしたものが何か、調べてわかっただろうか。春からの「野良猫の連続死」も気になる。

結果を聞く目的ならいいだろう、と横森の家に電話をすると、「こちらにお出かけください」と誘われた。

手ぶらで行くわけにはいかない。直美は、誰に渡すあてもなく東京から買って来たクッキーを持って、実家から徒歩五分の距離にある横森家へ向かった。外から見るかぎり、広さも間取りも正木家と似たようなものだ。

「どうもありがとう。早速、お供えしますね」

居間に案内されるなり、手みやげを渡すと、横森が受け取ったまま仏壇へ向かったので、愛猫の遺影に線香をあげる展開になった。

仏壇だけが正木家とは違った。家具調の縦に細長い洋風の仏壇で、猫の写真の後ろに男性の写真が飾ってある。越して来て一年もたたないうちに亡くなったという彼女の夫だろう。

線香をあげて合掌し、仏壇の奥を見ると、糸で束ねた千羽鶴が吊るされてある。色とりどりの紙で折られた鶴は、何十羽あるだろう。

「それは、毎年、わたしが折って増やしているんです」

視線に気づいたのか、横森が穏やかな口調で言い、拝み終えた直美にソファを勧めると、自分は台所に入って話を続けた。

「主人と結婚した翌年、妊娠したんです。でも、その子は臨月を待たずにお腹の中で死んでしまって。毎年、その子の命日に鶴を折ることにしているんです」

「そうなんですか」

「亡くなった主人とわたしは、境遇がとてもよく似ていたんです。同じ下町の生まれで、二人ともずっと借家住まいで。だから、一緒になったときに、いつか自分たちの家を持とうね、と誓い合いました。主人が定年退職したあと、終《つい》の棲家《すみか》にすることに決めたのがここでした。空き家を紹介してくれる業者があって、いろいろ見て回った末にここの環境が気に入って。わたしは車の運転ができないから、自然優先の田舎暮らしを選んだら、のちのち大変なことになるでしょう？　病院は近いほうがいいし、スーパーも徒歩圏内にあったほうがいいし。主人は野菜作りが好きで、菜園の空きを待っていたところだったんです。こんなに早く逝かれてしまうなんて……。主人の車を廃車にしたいまは、出かけるときは自転車か歩きです。バスもありますしね。ここに住んでいて、不便なことなんて一つもありません。あの子が心の支えになってくれていましたし……」

その心の支えになってくれていた飼い猫を、不幸にも失ってしまったのである。感情がこみあげたらしく、台所のカウンターに手をついてむせび泣きを始めた横森を、直美はなすすべなく見つめていたが、

「人生、思うようにいかないものですね。わたしも仕事を辞めざるをえない状況に、二度も追い込まれてしまいました。そのたびに一人で奮闘して。でも、やっぱり、力の限界を思い知らされて、打ちひしがれて。たっぷり孤独を味わって、たっぷり傷ついて、仕方なく、両親のいない家に帰って来たんです」

と、気がついたら、堰《せき》を切ったようにこちらも自分の身の上を語り始めていた。釣り合いをとろうとしたわけではない。ただ、いまは自分を語ることでしか彼女を慰められない気がしたからだった。

「会社を解雇されたの？」

横森が興味を示してきたので、直美は、二つの勤め先での内部告発について説明した。

「まあ、嫌がらせするなんて、ひどい人たちね」

聞き終えると、横森は眉をひそめた。「病院の人たちも薬局の人たちも、まったく反省はしていないのかしら。あなたに謝罪の言葉はあったの？」

「いいえ」

「そういう人たちっているのよね。罪の意識がないっていうか、見つからなければいい、と考えている人って。正木さんは、曲がったことの嫌いな正義感の強い女性なのね」

「バカ正直で、融通がきかない、と言う人もいます」

「そんなことないわ」

横森はまじめな顔で首を振り、台所から緑茶の載ったトレイを運んで来た。

「ケンちゃんが口にしたものが何か、わかりましたか？」

テーブルに緑茶が置かれるのを待って、直美は本題に触れた。

「やっぱり、毒でしたよ」

横森は答えるなり、生唾を呑み込むようなしぐさをしてから続けた。「キャットフードに農薬を混ぜてあり、明らかに殺すつもりで食べさせたことがわかりました。いまの農薬は昔のと違って、人が飲んでも死には至りませんけど、猫は身体が小さいですからね。わずかな量でも致死量に達してしまいます」

「獣医さんに調べてもらったんですね？　獣医さんは何とおっしゃっていたんですか？」

「誰がどこで何に農薬を混ぜて食べさせたか、それがわかれば、その人間に対して罪が問える。動物愛護法に触れる行為だし、死なせたということで器物損壊の罪になる、と」

すらすらと答えた横森は、そこで大きくかぶりを振った。「尊い命を奪っておいて、器物損壊だなんて、笑ってしまうわね」

「ああ、そうですね。でも、法律ではそうなんでしょうね。犬や猫は物扱いなんですよね」

直美は、ペットに関する法律を思い出して、控えめにうなずいた。「それで、誰がどこで何に農薬を混ぜたか、調べられるんですか？　横森さんは、このあいだ、犯人はわかっています、とおっしゃってましたよね」

「ええ。犯人は、宮下《みやした》さんの奥さんです」

横森が難なく一人の女性の名前を口にしたので、直美は息を呑んだ。

「ご近所の方ですか？」

「同じ自治会に入っておられる方ですよ」

「どうしてその人だと？」

「見たんです。今年の春、宮下さんの奥さんが中央公園で野良猫と一緒にいるのを。早朝であたりはまだ薄暗かったけれど、背格好で彼女だとわかりました。きっと、毒入りの餌力は衰えず、両眼とも1・5のままです。わたし、老眼は早くきましたけど、六十六になっても視力は衰えず、両眼とも1・5のままです。そのあと、野良猫の不審死が二件続いたでしょう？　宮下さんの奥さん、ガーデニングが趣味だとかで、丹精をこめて造った庭を野良猫に荒らされた、おしっこや糞をされた、とかなりお怒りになっていたり、春先のさかりのついたころは猫の鳴き声がうるさくて眠れない、と文句を言っていたり。とにかく、大切な庭を荒らす野良猫を嫌っているというわさが、あちこちから耳に入ってきていたんです。うちの子も宮下さんのお庭にお邪魔していたんでしょうね。あの日、仕掛けられた餌をたまたま口にしてしまったか、あるいは、宮下さんが故意に食べさせたか……。いずれにせよ、あの子が毒殺されたのは間違いないでしょう」

「憶測だけで、宮下さんの奥さんを犯人と断定するのはむずかしいのでは？」

「だから、警察に捜査してもらいます」

と、横森は、鞭《むち》を振るうようにぴしゃりと言った。警察とは大げさすぎないか。直美は、違和感を覚えた。

「ケンが口にしたものが何だったか、いちおう獣医さんに診てもらったけど、もっとくわしい分析をしてくれる機関はあります。そこに頼んで、内容物を分析したリストを作ってもらいます。それから、宮下さんがキャットフードを買った店を調べます。猫を飼っていない彼女がキャットフードを買ったとしたら、変でしょう？　いまは、コンビニやスーパーに防犯カメラもありますし、目撃者も探します。近所の人たちの証言も集めます。もちろん、正木さんにも協力していただいて。お願いできますよね？」

懇願されて、直美はうろたえた。横森の飼い猫が死んでいた場所は、直美の実家の敷地内である。警察の捜査が始まれば、必然的に自分も巻き込まれることになる。しかし、そもそも、警察が猫一匹の死を「刑事事件」ととらえて腰を上げるのかどうか……。

防犯カメラとか目撃者とか証言などという仰々しい言葉が出るに至って、直美は怖気《おじけ》づいてしまっていた。

「宮下さんが毒入りの餌をケンちゃんに与えたという決定的な証拠がなければ、警察に訴えても捜査してもらえないんじゃないでしょうか。それに、公園で野良猫と一緒の宮下さんを目撃したというだけでは……」

下手をすると、逆に名誉毀損で訴えられる可能性もある。

「あの子が毒を盛られて殺されたのは、事実なんですよ。あなたもあの子の死体を見たでしょう？」

おそるおそる言いかけたのを、横森の怒気をはらんだ声に遮られた。「あの子は、わたしの家族だったんです」

言い返せずに黙っていると、「正木さんは、悪いことを見逃せない誠実な人ですよね。職場での不正を二度も告発した人ですもの。わたし、あなたの真心を信じています」と、横森は直美をまっすぐに見つめてくる。

「警察に聞かれたら、事実をお答えします。でも、お力になれるかどうかはわかりませんし」

「警察が動いてくれないのなら、弁護士を雇って、裁判を起こします。そしたら、正木さんは、証言台に立ってくれますよね？　あなたのお名前は……」

「正木……直美です」

フルネームを答えながら、直美は、彼女の家を訪れたことを後悔していた。

6

それから十日後だった。前触れもなしに、横森に猫殺しの「犯人」とされた宮下が正木家の呼び鈴を鳴らした。

「こみいった話になると思うけど」

そう言われたので、玄関先ですませずに、宮下を家の中に招じ入れた。宮下と一緒にいるところを横森に見られたくはない。

「正木さん、あなたも本当は、あの横森さんにほとほと手を焼いているんじゃなくて？」

と、居間に通されるなり、宮下は顔をしかめて言った。

「どういう意味でしょうか」

お茶を用意するのも忘れて、ソファに座った彼女と向き合った。

「あの方、すごく変わっているから」

と、宮下は言って、笑った。「そう思わない？」

答えずにいると、「だって、猫一匹のことで、まるで殺人事件みたいに警察に捜査するように言いに行ったり、近所の人に聞きまわったり。ほんと、困ったちゃんだと思わない？」

宮下は、横森よりいくつか年下だろうか。六十代半ばで同年齢くらいかもしれないが、ボリュームのあるヘアスタイルといい、手を抜かない化粧といい、絞られたウエストといい、横森よりずっと若々しく洗練された女性に見える。

「横森さんは、飼い猫を本当の家族のように思っていたようですから、死なれて悲嘆に暮れる気持ちは理解できます」

安易に同調せずに、そう言葉を返すと、

「そもそも、そこよ。本当の家族のように、って、たかが猫でしょう？　本物の家族であるはずないじゃない」

と、宮下は、口元を歪めた笑いで応じた。

「でも、飼っているうちに、愛情が増して、家族の一員のようになることはありますよね。

ペットってそういう存在じゃないですか？」

「それは理解できるわ。わたしだって、犬を飼ったことはあるし。十五年飼い続けて、天寿をまっとうさせて見送ったのよ。そのあとは、ペットロスみたいになっちゃって、もう飼う気はしなくなったけど。でもね、所詮、ペットはペット。あなただって、さっき、『本当の家族のように』って言ったじゃないの。『本当の家族』と『本当の家族のように』とは違うのよ。あくまでも、ように、ですもの。結婚して神奈川へ行った娘に一昨年、子供が生まれたの。わたしにとっての初孫ね。それが、まあ、かわいくってね」

宮下は、そこで言葉を切って目を細めたが、直美の目にはその瞬間だけ彼女がひどく老けて映った。

「かわいいのはあたりまえよね」

と、宮下は初孫について語り続ける。「そりゃ、犬や猫もかわいいわよ。犬はしつければお手をするし、買い物から帰れば尻尾を振って出迎えてくれるし。猫も顔を洗ったり、丸まって寝たりする姿はかわいいと思うわよ。でもね、赤ちゃんはあやしたら笑ったり、日々成長して、『ばあば』なんてしゃべったりするわけよ。そのかわいらしいことったらないわ。目に入れても痛くない、って言い得て妙ね。じゃあ、聞くけど、猫が笑う？　犬がしゃべる？　笑いもしゃべりもしないでしょう？　赤ちゃんは立派に家族の一員だけど、ペットはあくまでも『のようなもの』にすぎない。そう言いたいわけ。あなたは常識人だからわかるでしょう？　でも、そこが横森さんには通じないのよね。飼い猫が死んで悲しいのはわかるけど、動物の運命だと思って諦めてくれないと。ほんと、諦めが悪くてね。世の中には、テロで奪われる人の命も飢餓で奪われる人の命もあるというのにね。あの方、お子さんがいらっしゃらないでしょう？　子供に注ぐべき愛情を猫にしか注げなかったのはお気の毒だと思うけど、欲求不満を募らせて、あそこまでヒステリックになられて、エスカレートされてはね。そんなに大事なら、家の中に閉じ込めておけばよかったのよ」

出産経験がないのは、直美も同じである。しかも結婚したことさえない。よどみなく流れた宮下のセリフには、さすがに気分を害して、

「宮下さんが中央公園で野良猫と一緒にいたのを、見た人がいるそうですが」

と、直美は彼女に突きつけた。

「横森さんでしょう？　わたしを見た、とあなたに言ったんでしょう？」

「それは事実なんですか？」

「さあ、どうかしら」

宮下は楽しそうにはぐらかして、不意に身体を硬直させた。「あなた、この会話、録音してる？」

「録音？　してませんけど」

「そう。ならいいわ」

大きなため息をつくと、宮下は話を続けた。「横森さんが中央公園で目撃したのは、確かにわたしだったかもしれない。そばに野良猫がいたかもしれない。でも、だからといって、わたしが野良猫に毒入りの餌を与えて殺した、という推理は乱暴すぎるんじゃない？」

「ご自宅のお庭に毒入りの餌を撒いたんですか？」

ストレートに質問をぶつけた。

「さあ、どうかしら」

宮下は、はぐらかす楽しさを覚えたらしい。「録音はしてないみたいだけど、あとで、横森さんにそっくりこの会話を報告するんでしょうね」

「聞かれたら報告するつもりでいます。彼女の飼い猫が死んでいたのは、この敷地内でしたから、相応の義務や責任はあると思います」

「まじめな方なのね」

宮下は笑った。「でも、よかったわ。あなたが常識人で」

「もう一度聞きます。毒入りの餌を撒いたんですか？」

「撒いた、と言ったら、驚く？　撒いたかもしれないし、撒かなかったかもしれない」

宮下は、こちらの心をもてあそぶような答え方をした。

「普通に、事実だけをお答えになればいいのでは？」

「バカバカしくて、まともに相手をしてられないからよ」

宮下の顔から笑みが消えた。「あのね、横森さんはまるで刑事気取りで、ご近所に聞き込みまでしているのよ。駅前のスーパーやバスに乗ってペットショップにまで行って、『防犯カメラの録画を見せてください』って頼んだり、刑事ドラマみたいにわたしの写真を店員に見せたり。ほらね、尋常じゃない神経でしょう？　もう、わたし、怖くなって。でもね、平気よ。わたしのほうがここに長く住んでいて、医者や弁護士の知り合いもいるし、親戚には校長も市議もいるしね。古株のわたしとよそ者の横森さん。まわりはどちらの言葉を信じるか。それはもう明白よね。横森さんも歩き回ってみて、身にしみたんじゃないかしら。みんなわたしの味方だもの。わたしを貶《おとし》めるような証言をする人なんているはずないわ。彼女から連絡はきたの？」

「いえ……ええ、けさ、電話してみました」

否定するつもりが、うそがつけなくなっていた。十日たったので、進捗状況を知ろうと、こちらから電話をかけたのである。

——思うようにいかなくて。

横森の口ぶりは重かったが、自分を鼓舞するように、「でも、大丈夫。秘策があるから」と、言い添えて電話を切ったのだったが……。

「彼女、何て言ってた？」

「思うようにいかない、と」

秘策があるから、の部分は省いて伝えた。

「じゃあ、諦めてくれたのね。よかった」

ホッとしたように肩の力を抜いて、宮下は立ち上がった。「裁判を起こす、なんて言われたら、どうしようと思っていたのよ。こっちが勝つのはわかっているけど、余計な時間をとられるし、精神的な負担も大きいでしょう？　面倒なことは避けたくてね」

明るい表情で玄関まで行った宮下は、「ああ、そうそう」と、思い出したように言った。

「横森さん、あくまでもわたしを犯人と決めつけたいみたいで、『罪を認めてください』ってうるさいのよ。『あの子のために鶴を折ってやってください』ってね。あの子って、死んだ飼い猫のことよね。何だかよくわからなかったけど、折り鶴一羽で彼女の気がすむなら、って折ってやったわよ。彼女の前で、彼女の差し出した紙でね」

7

「お詫びだなんて。いいんですよ、もう。わかってくだされば」

ケーキの入った箱を受け取った宮下邦子《くにこ》は、満面の笑みで横森史子《ふみこ》を迎えた。

「でも、失礼なことを言ってしまったし、申し訳なくて」

と、史子は頭を下げると、「お宅のお庭、きれいなんでしょうね」と会話をつなげた。

「ええ、まあ。趣味でいろいろと植えてててね」

「来年もオープンガーデンに参加されるご予定ですか？」

「ええ、まあ、いちおう。みなさん、楽しみにしておられるようだから」

邦子は機嫌よさそうに答えて、「どうぞ」と、史子を居間に招き入れた。

家にあがるのが目的だったから、最初の目的は達成できた。史子は、自宅の倍はある居間に通され、庭に面したソファを勧められた。掃き出しの大きな窓の向こうに庭が眺められる。

夫と移住したこの街では、個人の庭を一定期間公開する「オープンガーデン」というイベントを催している。ある程度の広さやよく手入れされた花壇などがなければ、他人に庭を披露しようという気にはならない。したがって、邦子はよほど自宅の庭が好きなのだろう、と史子は思っている。そう……生垣の隙間から侵入する猫を容赦なく駆除――殺すほどに。

薔薇《ばら》のアーチを巡らせてあったり、藤棚を造ってあったり、その下に白いベンチを並べてあったり、と手の込んだ広い庭なのはわかったが、史子は、少しも美しいと感じなかった。

「紅茶がはいりましたよ」

邦子に声をかけられて、史子はダイニングテーブルに移動した。

ロイヤルコペンハーゲンのティーカップが二客、テーブルに載っている。

「どうぞ。こちらのほうが庭がよく見えるから。あいにく、お花を楽しめる季節は過ぎちゃったけど」

勧められた席に座る。キッチンカウンターを背にした席だ。

「いただいたケーキ、一緒に食べましょうか」

邦子は席につかずに、カウンターで作業を続けている。

「安心してください。毒なんか入っていませんから」

史子がそう返すと、「まあ、怖い冗談を」と言って、邦子は弾かれたように笑った。

「横森さん、お一人でお寂しいでしょう？　このあたり、いろんなサークルがあるんですよ。今度、お誘いするから、参加してください。これからは仲よくしましょうね」

邦子がケーキを皿に取り分けているのを背中に感じながら、史子は、スカートのポケットから小さな包み紙を取り出した。包み紙を広げ、中に入っていた粉をレモンの浮いた紅茶に素早く振りかける。

「さあ、どうぞ」

ケーキを載せた皿をテーブルに置いて、邦子が席に着いた。

史子は、最初にケーキをひと口食べた。緊張のせいか、味覚がバカになっていて、甘さがまったく感じられない。

邦子は、最初に紅茶に口をつけた。ひと口飲んで、「うっ」と顔をしかめる。

史子の心臓は脈打った。

「この葉っぱ、いただきものだけど苦いわ。わたし、甘くないとだめなのよ」

邦子が首をすくめて、スティックシュガーを取りにキッチンへ行く。

「横森さんもお砂糖いる？」

キッチンから邦子が聞いた。

「結構です。わたしはこのままで」

静かに答えて、史子はティーカップの縁に唇を当てた。心臓の鼓動が速まっている。

ふっと、前方の庭を何かが横切ったように見えた。

8

正木直美さん、あなたがこの手紙を読んでいるときは、わたしはもうこの世にはいないでしょう。事件後三日目にあなたの手元に届くように、配達日を指定して書いた手紙です。わたしは死んで、わたしの遺体は、司法解剖に回されたでしょうか。

あの子を殺したのは、宮下邦子さんです。自分の罪が警察に追及されないとわかっていたから、わたしの前だけで、開き直った形で認めたのです。無力なわたしを見て、心の中で笑っていたのでしょう。本当に嫌な女です。素直に罪を認めて、みんなの前で謝罪するべきだったのに。

このままではわたしの気がすみません。彼女には罪を償ってもらわないと困ります。あの子の命を奪ったのですから、罰を受けてくれないと困ります。

だから、これは、わたしが彼女に与えた罰なのです。三日たっても、まだ騒動は続いていますよね？　住宅街毒殺事件、と呼ばれていますか？　愛猫家主婦毒殺事件、とされていますか？

あの日、わたしは宮下邦子さんがいれてくれた紅茶に砒素を混入しました。ええ、自分の紅茶にです。夫を失い、あの子も失ったのですから、もう生きる気力はありません。覚悟はできていました。

砒素を包んでいた紙は、宮下邦子さんが鶴の形に折った紙です。彼女の指紋がついているはずです。わたしは、自分の指紋をつけないように気をつけました。毒で殺されたのだから、毒で仕返ししたかったのです。砒素は死んだ夫が持っていて、処分し忘れたものです。

——現場は宮下邦子宅の居間で、毒が入っていたのは彼女がいれた紅茶で、毒を包んでいた紙には彼女の指紋がついていた。死んだ横森史子とのあいだには飼い猫の死を巡るいざこざがあった。

これだけ揃っていれば、当座は彼女に疑いの目が向けられるでしょう。彼女はどう言い訳するでしょうか。世間の好奇な視線やうわさに耐えられるでしょうか。

臨月を待たずに亡くなった子は男の子でした。主人とわたしは、「健太《けんた》」と名づけて生まれる日を待っていました。お腹の中で亡くなった日を命日として、毎年、わたしは命日に鶴を一羽折ってきました。三年前の夏、健太の命日に玄関を開けたら、ポーチに野良猫が座っていました。わたしと目が合っても逃げ出さずに、まるで「帰って来たよ」というようにこちらを見上げていました。

それがわたしとケンとの出会いでした。そう、ケンは健太の生まれ変わりなのです。だから、ケンは猫ではなく人間です。人間が毒殺されたのに、捜査しない警察は頭がおかしいし、人を殺しておいて罪の意識のかけらも示さない宮下邦子さんもまた、頭がおかしいのです。

正義感の強い正直者のあなたのことですから、冤罪のままにしておくことはできないと思います。この手紙を持って警察に行くことでしょう。そしたら、早晩、事件の真相はわかります。

でも、それでいいのです。少しのあいだでもあの女が苦しめば。殺人事件、いえ、自殺に至った経緯が世の中に明らかにされれば、それであの子――健太も浮かばれるというものです。

直美さん、わたしと健太に親切にしてくれてありがとう。わたしたちの分まで幸せになってください。

9

砒素入りの紅茶を飲んで横森史子が死んでから三か月が過ぎた。年も改まり、正木直美は、電車に乗って五つ目の駅前に新たにできた調剤薬局に職を得た。

横森史子の手紙は誰にも見せていない。事情を聞きに来た刑事にも見せなかった。

警察の捜査が進み、横森史子の紅茶に毒を入れたのは宮下邦子ではないとほぼ結論が出たようだ。砒素の入手先もまもなく判明するだろう。

宮下邦子は、今年のオープンガーデンへの参加を取りやめたらしい。

一人暮らしにもそろそろ飽きてきた。近い将来猫を飼おうかな、と直美は考えている。

そして、猫を飼い始めるのと同時に、横森史子の手紙を破り捨てるつもりでいる。この地域の一員として、死ぬまで平穏無事に暮らすために……。

思い出さずにはいられない

——「扼殺」

1

木製の包丁スタンドから使い込んだ一本を抜き取ると、女は鈍く光る切っ先に見入った。――日常的に使うこの調理器具が凶器にもなる。

つい最近起きた殺人事件を思い起こして、彼女は大きく息を吐いた。相手の女性関係を巡って口論になり、三十歳の女性が交際相手の男性を包丁で刺殺したという事件があった。包丁の刃先で胸を突かれた光景を想像した瞬間、熱した石を強く押し当てられたような痛みが彼女の胸にも生じた。

カタログを見て気に入り、購入した外国製の包丁スタンドだった。アパートの狭い部屋にはそぐわない、おしゃれなキッチン小物かもしれない。しかし、お気に入りの小物を置くことは、孤独な一人暮らしに潤いを与えるのも事実だ。

切れ味を確かめようと思い、冷蔵庫からキュウリを出して、まな板の上で切ってみた。きれいな切り口に満足すると、その包丁をもとの位置に戻し、彼女は包丁が五本刺さった木製の包丁スタンドを持ち上げた。

2

去年まで庭いっぱいにこぼれんばかりに咲いていた薔薇の花が、今年は一輪も見あたらない。

——それも当然よね。住人が変わったんだもの。

谷川晃枝《たにがわあきえ》は、生垣越しに庭を眺めながらその家の前を通り過ぎた。足を止めて、じっくり様子をうかがうまでの勇気は持てない。

一年四か月前まで、そこはガーデニングが趣味の主婦——宮下邦子が住む家だった。晃枝が住んでいる宇都宮市郊外の街では、個人の庭を一定期間公開する「オープンガーデン」というイベントを催しているが、宮下邦子の家がまさにその催しの該当家庭の一つだったのである。

地域の広報誌で「オープンガーデン」のことを知ったとき、ガーデニングに興味はあるものの、億劫《おっくう》な気がして始めるにも腰が重く、とりあえずよその家の庭を参考にしようと、まずは写真を見て気に入った「宮下ガーデン」を訪れることに決めた。だが、公開期間中には都合がつかず、結局庭には立ち入れずに終わった。

今度の住人は、ガーデニングにはまったく興味がなさそうだ。家を購入する際に、建物のリフォームと一緒に庭のリフォームも行ったのだろう。薔薇のアーチや藤棚はすべて取り払われ、緑の芝生だけが目立つ庭は小さな子供たちの遊び場と化しているようだ。庭の隅には三輪車が二台置かれている。

その一角を過ぎると、晃枝の足はもう一軒の家へと向いた。

五分ほど離れた場所に、目的の家はあった。「館野」と表札の出ている家には、以前は横森史子が住んでいた。こちらは、家ごと取り壊されて、跡地は更地になり、あっというまにツーバイフォーの新しい家が建ったと思ったら、「新築物件」という幟《のぼり》が立てられてすぐに買い主が見つかったのか、子供のいる家族が引っ越してきた。二台駐車できるスペースをとった分、庭はかなり狭くなっている。

家の前を通るときに、ちょうど玄関ドアが開いて、現在の住人らしき主婦が現れたので、急いで視線をそらし、足早に通り過ぎた。うわさでは、かなり格安で売りに出されていた家だという。

宮下邦子が住んでいた家。横森史子が住んでいた家。いまは表札が新しくなった二軒の家の前を通るたびに、晃枝はあの事件を思い出さずにはいられない。

──宮下邦子が横森史子を自宅に招き、いれた紅茶に砒素を混ぜて殺害をはかった。

加害者が宮下邦子で、被害者が横森史子。起きた現象だけ見れば、誰だってそう思っただろう。

しかし、その後の警察の捜査によって横森史子の飼い猫を巡る二人の確執が明らかになり、砒素の入手先が判明するに至って、明確な犯罪の構図が把握できたのだった。

——飼い猫を宮下邦子に殺されたと思い込んだ横森史子が、宮下邦子の家で自殺をはかり、それを他殺に偽装した。

それが真相だと判明したのだが、判明するまで「愛猫家毒殺事件」などと命名されて、世間をずいぶん賑わせたものだった。週刊誌やテレビの取材のためにレポーターが何人もこの街に入り込み、彼らと顔を合わせないようにするために、晃枝はあの時期、家の前に誰もいないのを確認してから家を出るようにしていた。

晃枝は、事件後に目についた週刊誌をはしから読んだ。特殊な形の自殺を選んだ横森史子について、耳から入ってくる不確かなうわさではなく、きちんと裏取りされた情報が知りたかったのだ。

子供のいない横森夫妻が東京から越してきたのは、事件の五年前だったこと、横森史子はもの静かな女性で、子供がいないこともあって各種行事にも積極的には参加せず、あまり地域に溶け込んではいなかったこと、夫が病気で急逝してからは飼い猫とともにひっそりと暮らしていたこと……などの情報が得られたが、なぜ、宮下邦子に飼い猫を「毒殺」されたと思い込んだのか、わが子のようにかわいがっていたとはいえ、なぜ、彼女の家に押しかけて自殺という形の「復讐」を遂げるまでに至ったのか、記事を読んでも彼女の心理を理解することはできなかった。

目の前で横森史子に自殺された宮下邦子が、「わたしは彼女の飼い猫を毒殺なんかしていません」と否定していたし、「横森さんに『あなたが犯人だという証拠を集めて裁判を起こします』と言われて、その思い込みの激しさに恐怖を覚えました」と警察に話していた。刑事のように聞き込みまでしていて、自分も横森史子に接触されたという住人の証言もあったが、晃枝自身は横森史子に話しかけられたことは一度もなかった。同じ自治会とはいえ、街区が違うのだから回覧板を通した交流もなく、親しく話す機会はない。

――自分の庭に並々ならぬ愛情を注いでいた宮下邦子が、その庭を荒らす猫を忌み嫌い、農薬入りのエサか何かを撒いておいた。偶然、それを食べた横森史子の飼い猫が不幸にも死んでしまった。

そういう推測を、うわさとして流す住人もいた。実際、事件の前には、近くの公園で野良猫が毒入りのエサを口にして死ぬケースが続いたから、自分の庭に害を及ぼした野良猫を宮下邦子がそうした形でこっそり退治したと考えられなくもなかった。

しかし、警察が捜査して、決定的な証拠をつかんで彼女を犯人と特定したわけではない。疑いでしかない段階で、横森史子は、自殺という衝撃的な形の「復讐」を遂げたことになる。

――自殺であれば、どこかに遺書めいたものが残されていたかもしれない。

晃枝はそう訝って、スポーツ新聞まで買って読んでみたが、どこにも遺書に関する記述は見あたらなかった。

最終的には、何の罪も犯してはいないと見なされたとはいえ、近隣を含む世間の疑いの目が宮下邦子に向けられた時間は、確実に存在した。彼女は、事件後、ここに居づらくなったにちがいない。この地に古くから住み、有力者とのつながりも強い宮下邦子である。つてがあって家を売り、よそへ引っ越したのだろう。子供のいない横森史子の家の処分を、誰が決めたのか、そこはうわさとしても晃枝の耳には入ってこなかった。けれども、同じ土地の上に新しい家が建って、売りに出されたのだから、遠い親戚であれ、法律的に相続する者がいたのだろう。

晃枝は、地域で起きたショッキングな事件を頭の中で振り返りながら、回り道をして自宅に戻った。

宇都宮市郊外のこの住宅街に越してきて、十年になる。建売住宅が並ぶ一角にあって、夫の雄介《ゆうすけ》が間取りにこだわりたいと言い、土地を探して建てた注文住宅だった。

「お帰り。早かったじゃない」

居間のソファでくつろいでいた雄介が、読んでいた本から顔を上げた。

「これ、買ってきたの。お茶にする?」

晃枝が駅前の商店街で買ったケーキの箱を掲げると、

「一人で、ゆっくりお茶して来ればよかったのに」

と、雄介はのんびりとした口調で受けた。嫌味ではなく本心から言っているのが、その笑顔から読み取れる。

――買い物がてら、ちょっと散歩して来るね。

休日の午後。そう夫に告げて、軽装で家を出た晃枝だが、事件の現場になった二軒の家を見て回るのが目的の散歩だったことは話していない。改めてその二軒を目におさめてから、最終決断を下す。そう決めていた。

「浩介《こうすけ》も呼んできて」

二階を顎で示して、晃枝は夫に頼んだ。

「あと二問解いてから行くから先にどうぞ、ってさ」

台所でお湯をわかしていると、二階に息子の様子を見に行った夫が降りてきた。

「いま、数学の問題集と格闘している」

「あの子、まじめね」

「ああ、誰に似たんだか。驚くほどきまじめだ」

妻の苦笑が夫にも伝染した。

雄介がカウンターを回り込んで、ドリップ式のコーヒーをいれ始めた。設計の段階で、台所は二人が並んで作業できるように、スペースを広めにとろうと決めたのも雄介だった。

「じゃあ、先に二人でいただきましょうか」

ダイニングテーブルに着いたころに、「いざ、ティータイム！」と叫びながら、二階から浩介がバタバタと降りてきた。

「数学の問題、解けたのか？」

「ああ、うん、楽勝だった」

「来週のテスト、自信あるか？」

「まあね」

夫と息子の会話を聞きながら、晃枝は、何て平穏でのどかな休日の昼下がりなのだろう、と目を細めていた。

一人息子の浩介は、今春、県内唯一の国立大学付属中学校に合格した。地元の公立中学校に進学させるつもりでいたのが、「成績がいいから」と担任教師に中学受験を強く勧められ、四年生のときから進学塾に通わせた。その送り迎えや夜食のしたくなどはもとより、受験に向けての健康管理やスケジュール管理などを母親である晃枝が一手に引き受けてきた。それが実を結んで、見事に合格を勝ち取ったのだが、入学後の最初のテストで思うような結果が出せなかったのがよほど悔しかったのだろう。負けず嫌いでまじめな浩介は、親に発破をかけられずとも、自ら進んで毎晩遅くまで勉強し、次のテストではクラスのトップの座に躍り出たのだった。もちろん、次のテストも全力を尽くす、いまの成績を維持する、と本人は意気込んでいる。

――まったく手のかからない優秀な一人息子ね。

心の中でひとりごとを言いながら、晃枝は無邪気にケーキを食べる浩介を見ていた。

――見てくれはよくないけど、誠実で、寛容で、やさしい夫。

そして、視線をその父親に移し、頰を緩ませた。息子が全力を出せるように母親としてサポートしたことを、きちんと言葉と態度でねぎらってくれた夫だ。成果が得られたことに感謝しているのか、最近は、休日になると「君も完全休日にすればいい。好きなところに出かけてもいいよ」と言って、かわりに朝から家事を担ってくれる度量の広さがある。

晃枝が雄介と結婚したのは、三十歳のとき。その前の年に三年間交際してきた男性との破局があり、傷心を癒すためと一人暮らしを解消するために結婚紹介所に登録し、そこで二番目に紹介されたのが雄介だった。一番目に紹介された男性は、「身長がわたしより十センチ以上高いこと」という条件にかなってはいたが、デートしたときに貧乏揺すりをするのが気になって、ほかの理由をつけて断った。

身長云々の条件をやめてハードルを下げた直後に紹介された雄介は、晃枝がヒールのある靴を履くと並んだ身長がほぼ同じになったので、次回のデートのときにはペタンコ靴にした。コンピューター診断では相性が抜群によいとされ、担当者にも「お似合いです」と言われ、それならもうこの男でいいや、と半ばヤケクソで決めた相手である。とにかく、早く誰かと一緒に住みたかったのだ。雄介の第一印象は、「クマのぬいぐるみみたい」だった。ずんぐりとした体型で、毛深くて、だが、笑顔を絶やさない温かな人柄。

雄介の勤務先が栃木県内だったので、宇都宮市内のアパートに新居を持った。結婚した翌年には浩介が生まれた。そして、浩介が三歳になったときに、住宅ローンを組んで、宇都宮市郊外のこの地にマイホームを構えたのだった。

必要に迫られて急場しのぎに選んだ夫とはいえ、結果的には、幸せな家庭を築けている。

——やっぱり、沈黙を破るときがきたのでは……。

晃枝は、夫と息子に交互に視線を投げながら、その思いを強くした。

一週間前、通りかかったJR池袋駅の前で、初老の男性がビラ配りをしていた。反射的に一枚受け取ると、それは、未解決の殺人事件に関するものだった。二十二年前、池袋駅の山手線のホームで、男子学生が男に突き飛ばされて転倒し、頭を強打して死亡した。男はその場から逃走した。当時、ホーム上に目撃者は大勢いた。大学生を突き飛ばした男の似顔絵も作成され、複数の駅構内に貼られたりしたが、犯人検挙には至っていない。

「何か情報がありましたら、お願いします。どんな小さなことでもいいんです」

ビラを受け取った晃枝に、よろしくお願いします、と頭を下げたのは、殺された男子学生の父親だった。

その瞬間、晃枝の脳裏に十六年前のある光景がよみがえった。

会社員の晃枝は、都内のアパートで一人暮らしをしていた。その日は休日で、晃枝は外出していた。留守のあいだに、同じアパートの女性会社員が自室で殺害された。彼女も晃枝と同様に一人暮らしだった。

死因は、扼殺《やくさつ》。腕や手を使って首を強く圧迫されたことによる窒息死。

犯人は、いまだに捕まってはいない。

晃枝は、その女性会社員——寺田希美子《てらだきみこ》が、事件の約三か月前に男性といるところを目撃していたのだった。

しかし、その目撃情報を誰にも伝えないままに現在に至っていた。

3

容疑者は早晩、逮捕できるものと思われた。被害者の首に絞められたときの指の跡がくっきり残っている。室内を見回すかぎり、物色された形跡はないから、物取りの犯行でなく、顔見知りの犯行の可能性が高い。被害者の交友関係を探れば、容疑者はすぐに浮上するだろう。

井垣俊《いがきしゅん》は、杉並中央署内に設置された捜査本部の会議に顔を出したあと、被害者の波《なみ》岡淳子《おかじゅんこ》が勤務していた会社に向かった。所轄署の若い刑事と組まされた井垣は、交友関係を洗う班に組み込まれたのだ。

　会社を無断欠勤した波岡淳子を心配した社員が、彼女が住む都内のワンルームマンションを訪ねて、管理会社の社員と一緒に彼女の他殺体を発見したのだった。

　波岡淳子は、港区内の食品会社に勤務していた。

「行方がつかめずにいる社員はいませんか？　男性社員という意味ですが」

　会議室に通されて、井垣がそう切り出すと、応対した上司と若い男性社員が面食らったように顔を見合わせてから、上司が重たい口ぶりで応じた。

「一人、連絡がとれずにいる社員がいます。昨日から出張中のはずですが、携帯電話に何度かけても応答がなくて」

「その社員の名前と自宅の住所を教えてもらえますか？」

「ああ、はい」

　上司に促されて男性社員が立ち上がり、退室した。

「あの……波岡淳子さんとその社員は、交際していたんでしょうか」

と、井垣の隣で相棒――所轄の刑事が遠慮がちに問うた。

「わかりません」と、上司は即答した。

　戻ってきた社員から行方知れずの社員の情報を得ると、井垣は早々と退散した。

「この樋口《ひぐち》という社員が犯人だな」

会社の入ったビルのエレベーターを降りながら、井垣は社員から渡されたメモに目を落とした。

「井垣さん、どうしてすぐに犯人が社内にいる、と睨んだんですか？」

二十代後半と思われる相棒が戸惑ったような表情を向けてきた。

「会社のフロアに足を踏み入れた瞬間の空気だよ。それで、ほぼすべてが見通せた」

「えっ、空気だけで？」

「同じ会社の仲間が殺されたのだから、重い空気がたれこめているのは当然だが、それだけじゃなかった。女性社員たちの怯えたような、けれども、好奇を含んだ視線。それを見たら、ああ、社内にひそかに交際していた男性がいたな、と閃《ひらめ》いてね。それも、道からはずれた関係、つまり、不倫だよ。男のほうは結婚しているんだろう。妻と別れて君と一緒になるとでも言って、ずるずると関係を重ねてきたのが、被害者のほうが待ちきれなくて何かしらの行動に出ると脅したのか……。いずれにせよ、関係がこじれて、激昂《げっこう》した男が女の首に手をかけた、そういう展開だよ。おそらく、女の言動を止めようとしての発作的な犯行だったんだろう。被害者は、首を絞められて苦しくてもがいただろうから、爪には被害者の皮膚片が残っているはずだ。唾液やもっと生々しいものが残っていることもある。そこからＤＮＡを抽出して、容疑者のものと照合すれば一発だよ」

「ああ……そうですね」

まだ殺人事件の捜査に慣れていない様子の若い刑事は、本庁捜査一課の刑事がよどみなく展開する推理に圧倒されたように、気が抜けた調子で受けると、「だけど、あの上司は二人の交際を知らなかったみたいでしたけど」と言葉を継いだ。

「とぼけたんだよ。自慢できるような公の関係じゃない。気づいていても、気づいていないふりをするしかないさ。建前だけだとしても、社内恋愛禁止という誰も守りそうにないルールがあったかもしれないしね。ばれていないと思っているのは本人たちだけで、周囲は意外と気がついているものなんだ。場違いに見つめ合う視線とか、逆に不自然にそっけない態度なんかでね」

「なるほど」

若い刑事は、感心したように大きくうなずいた。

――昔の自分を見ているようだな。

井垣は、若い刑事に昔の自分の姿を重ね合わせた。交番勤務を経て練馬北署の刑事課に配属されたとき、井垣は二十五歳だった。いまから十六年前のことだ。管轄内で起きた最初の殺人事件を、忘れようとしても忘れられずにいる。未解決のまま現在に至っているからだ。あの事件も被害者の死因は、今回と同じ扼殺だった。紐などを使わず手で首を絞めて殺害する手口である。

行方知れずという重要参考人の自宅に向かう途中、井垣の携帯電話に「樋口が自首してきた」という連絡が入った。「別れ話がこじれて、『奥さんに二人の関係をばらす』と言われ、カッとなって首を絞めた」と供述しているという。

「井垣さんの言ったとおりでしたね」

地下鉄の駅の階段を上がると、若い刑事は、なぜか井垣に握手を求めてきた。少し照れくさかったがそれに応じ、報告書の作成を彼に任せて、そこで解散した。別れる前に、「場数を踏めば、自然と勘も鋭くなるものだよ」と、昔の自分に対するように彼に助言を与えた。

短い時間の相棒だった。容疑者が自首してきたのである。面倒な取り調べに発展しないのはわかりきっている。自分の出番はないと見なして本部に電話し、「自宅に直帰する」と告げた。

井垣は、中野の3LDKの自宅マンションに帰った。三歳上の看護師をしている姉の美《み》江《え》とその息子の慶太《けいた》。二人と同居を始めて八年になる。

二十代半ばで製薬会社の社員と結婚した美江は、妊娠中の夫の浮気が原因で離婚した。井垣と美江の両親はすでに他界していたから、井垣は姉と甥の生活を支えるために同居を提案した。それまでも非番の日には幼い慶太の世話をしてきたが、美江が夜勤の多い総合病院勤務になったため、同居して生活を共にしたほうが効率的だと考えたのだ。中野の賃貸マンションに数年住んだあと、姉の反対を押しきって、井垣は自らローンを組んでマンションを購入した。

同居を始めたときに小学三年生だった慶太もいまでは高校二年生。都立高校に通い、大学進学を視野に受験勉強中である。

「そろそろ進路を決めなくちゃいけないんだけど、このところ忙しくて時間がとれないの。それに、慶太はわたしの顔もまともに見てくれなくて。あの子は将来、どういう方向に進みたいのかしら。俊、あんたから聞いてくれる？」

先日、美江にそう頼まれたのだった。

看護師長という責任あるポストに就いた美江には急な仕事が入ることも多い。最近は、睡眠導入剤を悪用した犯罪の影響で、院内でも薬の管理が厳重になり、点検項目も増えたため、帰宅時間が遅くなる傾向にある。

美江の元夫――慶太の父親は、美江と別れてほどなく再婚し、子供が二人いる。離婚の話し合いには男の井垣も立ち会い、元夫に「きちんと養育費は払います」と誓わせた。最初に取り決めた額の養育費は、多少遅れることはあっても毎月振り込まれてはいるが、大学の学費となると別だ。あちらも家庭があるのだから、無尽蔵に供出できるわけではない。

同居を始めたころは、「俊」「俊」と、自分の母親の呼び方に合わせて叔父を呼び、子犬のようにじゃれつき、甘えていた慶太も、思春期に入ると途端に大人びて、無口になった。井垣とも少し距離を置くようになったが、美江とは口もきかなくなったのだ。

「やっぱり、父親がいないとだめなのかしら。かといって、別れた父親にはあの子、会いたがらないし、あちらの子たちも教育費がかかる年ごろみたいだし」

美江は、離婚後、ずっと父親がわりをしてきたつもりの井垣にそう愚痴ってみせた。

とりあえず、夕飯のしたくをしないとならない。美江は休みの日にまとめて下ごしらえをし、ハンバーグや煮物などを小分けにして冷凍しておく。まずは、冷凍庫から肉団子のストックを取り出して、デミグラスソースで煮込む。茹でて冷凍してあったにんじんとインゲンを解凍し、生野菜と組み合わせたサラダを作っていると、慶太が帰ってきた。

「今日は早いじゃん」

慶太は、冷蔵庫から麦茶を取り出しながら言い、冷蔵庫の扉を見て「ああ、今日はあっちが夜勤か」と言い添えた。自分の母親を「お母さん」と呼ぶのも恥ずかしい年齢なのか、「あっち」などと呼んでいる。冷蔵庫の扉には、美江の勤務表が貼ってある。

「図書館で勉強してきたのか？」

「ああ、うちより集中できるからね」

「夕飯の前に話がある」と切り出し、井垣は居間に場所を移した。

「何？」と、慶太もソファに座る。

「二学期が始まって、そろそろ進路相談の時期じゃないか？」

「まあね。まだ何ももらってないけど」

「慶太はどうしたいんだ？　将来どんな仕事に就きたい？」

理数系に強い甥は、将来は理系の学部に進むのでは、と思ってはいた。

「俊は、どうして警察官になったんだっけ」

逆に、慶太が質問を返してきた。

「死んだ父親が警察官だったから……ってのは、他人に聞かれたらする話で、慶太にも話しただろう。死んだ母親の遺書に、『将来、美江は看護師に、俊はお父さんと同じ警察官になってほしい』と書いてあったからだよ。そんな簡単な文面じゃなかったけど、大雑把に言うとそうだ」

「もちろん、知ってるよ」

と受けて、慶太は小さく笑った。

井垣が小学六年生のときに母は病死し、高校二年生のときに刑事だった父が旅先でバスの転落事故に遭って死んだ。その後、美江と井垣は伯父に引き取られたが、その伯父から病床で書いたという母の遺書を見せられたのだった。

「ぼくの場合、ずっと俊が父親がわりだったから、やっぱり、ぼくも父親と同じ道を進まなくちゃいけないことになるのかな。つまり、警察官にさ」

「そんな決まりはないさ」

井垣は、首を横に振った。「それに、ぼくはおまえの父親がわりで、父親じゃない」

──本当の父親に会って、意見を聞いてみるのもいいかもしれない。

そういう意味合いを持たせて言ったつもりだったが、慶太からは反応がなかった。

「医者になりたいんだ」

しばらくの沈黙のあと、慶太は意を決したように顔を上げた。

「医者に？」

井垣は、素っ頓狂な声を上げてしまった。「ということは、医学部にいきたいのか？」

「普通はそうだよね。医学部以外に医者になる道はないよ」

「進路指導の先生には相談したのか？」

成績は中の上、と美江からは聞かされている。

「いまのままだと現役ではむずかしい。相当がんばらないと、と言われた」

「うちでは私立は無理だ」

「わかってるよ」

慶太は、深いため息をついた。

「予備校には通わなくていいのか？」

国立の医学部をめざしている高校生は、いまからすでにその準備をしているはずだ。いや、もう遅いくらいでは、と井垣は焦りを覚えた。

「大丈夫だよ」

「必要だと思うなら、通えばいい。遠慮することはない」

予備校の費用くらいは捻出できる。

「だから、大丈夫だって」

「姉貴には……お母さんには、自分の口からちゃんと伝えるんだぞ。いいな」

「わかってるよ」

俊は、うるさそうにさっきと同じ言葉を繰り返した。

小さいころから看護師として忙しく働く母親を見て育ったのである。慶太が医師をめざすようになったのは自分の母親の影響もあるのだろう、と井垣は合点がいった。

「俊はどうなんだよ」

いきなり、慶太は矛先をこちらに向けてきた。「将来、どうするんだよ。いつまで一人でいるつもりなの？」

井垣は、返す言葉に詰まった。気づいたら、不惑を越えていた。いままで色恋沙汰がなかったわけではない。「いい人を紹介しよう」と、親切に言ってくれる人もいた。だが、仕事と家庭の両立で頭がいっぱいで、女性と会う時間が作れない。心を動かされた相手は過去に二人いたのだが、いずれも事件に少なからぬ関係があった女性で、仕事を私生活に持ち込みたくないとためらっているうちに自然消滅してしまった。

「お母さんに何か言われたのか？」

――いつまでも俊、あんたの世話になっているのは心苦しいわ。俊もそろそろ家庭を持たないとね。あるいは、わたしたちがよそに家を借りて、ここを出て行ってもいいし。

住宅ローンを抱えながら、自分たちとの同居生活を続けている独身の弟に負い目を感じているらしい美江に、四十歳の誕生日にそう切り出されたのだった。

「奨学金を借りるし、バイトもする。ぼくたちは、この家を出て生活してもいいんだ」

「この家を出て行くのは、大学に受かってから考えればいい。それまでは余計なことは考えるな」

井垣は、強い語調で慶太に言い返し、「勉強に専念しろ。いいな、わかったな」と念を押した。

4

警察に行く、と決めた日の朝刊に、気になっていた事件の続報が載っていた。

――睡眠導入剤混入事件の介護士・逮捕へ

目を惹く見出しは、神奈川県内で起きた事件を報じたものだった。

六十代の女性介護士が職場の同僚の女性の飲み物に睡眠導入剤を混ぜて飲ませ、意識が朦朧《もうろう》とした状態で車を運転させた結果、塀に激突する事故を起こさせたのだ。同僚の女性は腕や足を骨折する重傷を負ったが、事故の前に、その女性のほかにも職場で飲み物を口にしたあとに気分が悪くなるケースが続き、率先して飲み物を作っていた女性介護士に疑惑の目が向けられてはいたという。捜査中だったのが、ついに逮捕に至ったという記事だった。動機にはまだ触れられていないが、おそらく、女性介護士は職場で孤立していたか、仕事に不満があって腹の中に何らかの鬱憤《うっぷん》をためていたのだろう。それが、同僚たちに向けて屈折した形で噴出されたのかもしれない。

その事件は、自分の住む地域で起きた昨年の「愛猫家毒殺事件」を想起させた。あのときは砒素が使われたが、今回は睡眠導入剤である。

――毒物を使うのは女の得意とするところで、毒殺は女の犯罪。

そんなフレーズが頭に浮かんだ。どこかの本で読んだ憶えがある。毒殺は女の専売特許、と海外の推理小説にもあったのではなかったか。過去には、町内の夏祭り会場でカレーの鍋に砒素が混入されて複数の死者が出た事件や、内縁の夫や交際相手に青酸化合物入りの飲み物を与えて殺害した事件などがあったが、いずれも加害者は女だった。

――毒殺が女の犯罪だとすると、扼殺は男の犯罪？

次に浮かんだのが、そんなフレーズだった。

自分の住む地域で起きた砒素を用いての自殺事件。

十六年前の女性会社員扼殺事件。

晃枝は、対照的な二つの事件と自分をつなぐ運命的なものを感じていた。何が起ころうと、もう自分の家庭は揺るがないだろう、という自信が生じている。

時代が変わり、何よりも晃枝自身が変わったのだった。

5

「十六年前の事件に関して、新たな情報を提供してくださるとのことですが」

井垣は、女性の前にアイスコーヒーが置かれるのを待って、そう切り出した。興奮を抑えようとしたが、抑えきれずにかすかに声がうわずった。が、無理もない。刑事になって最初に担当した殺人事件である。犯人逮捕に至らず、未解決事件のまま人々の記憶からも忘れ去られようとしていたその事件に関する情報を、十六年たったいま、提供しようという奇特な人間が現れたのである。

谷川晃枝。四十五歳。栃木県宇都宮市郊外に住む主婦。

窓口で彼女が記帳したデータは、頭の中に入っている。十六年前というと、この女性が二十九歳だったときか、と時間を巻き戻して脳裏に描いてみる。それに呼応して、井垣自身も若返った。二十五歳。初々しい刑事のころだ。

――本庁に、未解決事件に関する情報提供者が訪れました。

そういう連絡が回ってきて、その事件の当時の担当者だった井垣が谷川晃枝の聴取にあたることになったのだった。

十六年たって話す気になったのにはそれなりの事情があるのだろう。そう察して、緊張をほぐすために女性を応接室に通した。

「事件というのは、練馬区のアパートで一人暮らしの女性会社員が殺害された事件ですね。被害者の名前は、寺田希美子さん。当時二十七歳。間違いないですか？」

事件の確認から入る。

「そうです。寺田希美子さん。忘れようとしても忘れられない名前です」

被害者とほぼ同世代の谷川晃枝は、そう受けて目を伏せた。切れ長の目元に控えめにアイラインが引かれている。

「谷川さんは、寺田さんと親しかったんですか？」

「いいえ、親しいというほどではなかったです。同じアパートに住んでいたから、顔を合わせたら挨拶するくらいで」

そこで言葉を切ると、また口を開きかけたので、井垣は黙って彼女の出方を待つことにした。肝心な情報提供の前に心のうちにあるものを吐き出したい。彼女の表情からそう読み取ったからだ。

「あの……どうして、犯人は捕まらなかったのでしょうか」

するとと、谷川晃枝は、そんな質問をぶつけてきた。

「われわれの力が及ばなかったとしか言いようがありません」

井垣は頭を下げると、言葉を重ねた。「同じアパートに住んでいたのなら、谷川さんもさぞかし怖かったでしょう。犯人が捕まらないままでいたのだから」

「ええ、すごく怖かったです。夜になると、また犯人が誰かを襲いに来るんじゃないか、わたしも襲われるんじゃないか、そう想像すると怖くてたまらなくて。それで、その恐怖から逃れる方法として、結婚を考えたんです。つき合っていた人と別れたあとで、一人でしたし、結婚して誰かと一緒に住むことで、一人暮らしから脱出しようと思ったんです。まったくバカな考えですけどね」

「バカな考えだとは思いませんけどね。それで、その方法はうまくいったんですか？」

「はい、結婚紹介所に登録して、すぐにいまの夫と出会うことができました」

「では、あなたは、心の平安を得られたということですね」

「え……ええ、はい」

谷川晃枝は、井垣が発した「平安」という言葉にたじろいだ様子を見せた。動揺を隠すように、アイスコーヒーのストローに口をつける。井垣は、彼女がずっと抱いてきたであろう後ろめたさを感じた。

「十六年という年月は長いですよね。そのあいだに科学は飛躍的に進歩しました。携帯電話が普及して、いまやスマホになり、ネットを通じてあらゆる情報が飛び交う時代になりました。捜査面でいえば、2002年ころから防犯カメラが急増し、街のあちこちに設置されるようになり、警察庁がＤＮＡデータベースの運用を開始したのも２００４年からです」

「確かに、わたしが住んでいたアパートに防犯カメラはなかったし、駅からの道で設置された場所も少なかったと思います。十六年前は、まだ科学が進歩していなかったから、寺田さんを殺した犯人を捕まえられなかった。そういう意味ですか？」

谷川晃枝は、井垣の言葉にカチンときたらしく、少し口調をきつくして言い返してきた。

「十六年のあいだには、捜査上、もっとも変わったことがあります」

井垣は、谷川晃枝の質問には答えずに話を続けた。「あなたもご存じかと思いますが、一番大きな変化は、公訴時効が撤廃されたことです。２０１０年の四月に殺人事件の時効は廃止になりました。寺田さんが殺された事件に関しても、捜査は永遠に続けられることになったわけです。そのことも影響しているのではないですか？　七年前まではまだあなたの心も揺れていたかもしれません。自分が証言することで家庭が壊れるのではないか、と恐れていたのでしょう。でも、十六年のあいだには個人情報保護法もできたし、性犯罪に遭った女性が法廷内で証言する場合も傍聴席から見えないようにするなどの配慮がされるようになりました。あなたは、時効が廃止されたことを喜んだのでしょう。そして、もう証言しても大丈夫、という確信を得られたから、ここにいらしたのではないですか？」

谷川晃枝は、肩を小さく上下させて黙っている。

「責めているわけではありません。安心して話してください。何を話してもあなたの安全は保障しますから。そう言っているのです」

諭すように言って、井垣は身を乗り出した。

「わたしは、あのとき、すぐに犯人が捕まると思っていたんです。被害者の寺田さんの男性関係を調べたら、すぐにわかるはずだと」

「谷川さんは、犯人は男性だと思っているんですね？」

「だって、そうじゃないですか。あのときのニュースでは、死因は扼殺による窒息死だと言っていました。扼殺というのは、手で首を絞めて殺すことですよね。それって、女の人では無理ではないですか？　男の力でないと」

「そう決めつけるのは危険ですけどね。プロレスラーみたいな怪力の女性もいますから。しかし、男性の犯行と考えるのが一般的でしょうか」

犯人は男。それは、すでにわかっていた。被害者の爪のあいだから抽出された皮膚片や、衣類に付着していた唾液から検出されたＤＮＡは、男のものと判明している。

「寺田さんの交友関係は調べたんですよね」

「できるかぎり調べたつもりです」

「それでも、犯人にたどり着けなかったんですね」

谷川晃枝は自分に言い聞かせるように言い、深呼吸をすると、言葉を継いだ。「わたしは、事件の三か月ほど前に、寺田さんが男の人といるのを見ました。アパートの近くではありません。少し離れたところにあるファミレスの駐車場です。別れた恋人と一緒にいたときでした」

「それは、あなたの知っている人でしたか?」

「いいえ、知らない人でした。というか、その人の顔はちゃんと見なかったので、もう一度見たとしてもたぶんわからなかったでしょう。ただ、背格好から男の人だと思っただけで。そのあと、寺田さんとその男の人が車に乗り込むのを見たんです。男の人が運転席に、寺田さんが助手席に。だから、親密な関係だと思ったんです。男の人の顔は憶えていませんけど、車の色とナンバーは憶えています。白っぽい車で、品川ナンバーの1012でした。なぜ憶えているかというと、別れた恋人の誕生日だったからです」

井垣は、息を吞んだ。十六年を経てもたらされた貴重な目撃証言である。1012と数字を脳味噌に刻む。

谷川晃枝は、まっすぐ視線を向けてきた。その目に鋭い光が宿っている。

「その男の人と寺田さんがどういう関係にあったか、わたしにはわかりません。当然、その男性のことも警察は調べているはずだと思ったんです。調べて何もなかったから、逮捕されなかったのだと。そうわたしが見なすのも無理はないですよね。とにかく、わたしはあのアパートに住み続けるのが怖くて、早く逃げ出したくて。行きずりの男の犯行の可能性もありましたしね。車のナンバーのことを警察に話そうとも考えました。でも、大学時代、痴漢に遭ったときに交番に駆け込んだことがあったんですけど、そのときの警察官の対応がおざなりで、失望したこともあって、ためらっていたんです。車のナンバーと別れた恋人との関係を聞かれたり、わたしの個人的な情報も聞き出されたりするんじゃないかと思って。結婚して子供が生まれてからは、やっぱり、家庭第一に考えてしまって、もう事件のことは頭から切り離そうとしました。だけど、あれから相当な時間がたって、時効が廃止になっても、まだ犯人は捕まらない。もしかしたら、わたしが目撃した情報は、かなり重要な情報なのではないか。それを警察に提供しなかったから、犯人は捕まらないままなのでは。そんなふうに思えてきて。十六年間、なぜ、黙っていたのかと思われるかもしれませんが、わたしなりに葛藤を続けてきたんです。それはわかってください」

「わかりました。貴重な情報をありがとうございました」

簡潔に答えると、井垣は腰を上げた。短い時間で彼女を解放することが、目撃情報を提供しなかったあなたを責めてはいません、という意思表示につながる。

「どうして、扼殺だったんでしょうか。どうして、刺殺ではなかったんでしょうか」

ところが、役目を終えたはずの谷川晃枝は席を立たずに、唐突な質問を重ねた。

「刺殺というと、包丁やナイフなどの刃物を使った殺害のことですよね。犯人が刃物を使わなかったのをあなたは不思議に感じている。そういう意味ですか？」

相手の質問を言葉で補いながら、井垣は胸が波打つのを感じていた。

確かに、刃物に関して不自然と思われる状況が、あの事件現場には存在したのだった。

1DKの狭いアパート。被害者の遺体は、台所に倒れた形で発見されたが、台所には包丁がなかった。いや、家の中に包丁はあった。しかし、それは包丁を収納する木製のケース――のちに「包丁スタンド」と呼ばれるものとわかった――ごと、押入れの奥にしまわれていたのだった。隠すといえば、その横には紐類も丸めた形で一緒に置かれていた。

「事件のあと、新聞記事に目を通しましたが、どこにも包丁に関した記述はありませんでした。寺田さんは、木製の包丁スタンドを台所に置いていました。一度、彼女の部屋に行ったときに見たので、よく憶えています。アパートの通路で落とし物を拾い、それが寺田さんのものとわかって届けに行ったんです。ドアを開けたら、すぐに台所が見渡せるような狭いアパートでした。そんなところにおしゃれな包丁スタンドがあったので、目についたんです。『それ、すてきですね』と言ったら、寺田さんは『これ、外国製なんですよ。一人暮らしに潤いを与えたいから、奮発したんです』と笑って答えました。彼女とまともに話したのは、あのとき一度きりだけでした。インテリアとしてもおしゃれな、あの外国製の包丁スタンドはどうしたんでしょう。包丁が何本か刺さっていました。あれが台所にあったら、かなり目につくんじゃないでしょうか。寺田さんと一緒にいた男が彼女に殺意を抱いたとしたら、とっさにそばにあった包丁に手が伸びたのではないでしょうか」

井垣は、薄く口紅が塗られた谷川晃枝の唇を見つめ、その唇からほとばしり出る言葉に聞き入っていた。

「捜査情報をむやみやたらに一般人に与えないのが、有能な刑事さんなんでしょうね」

谷川晃枝は、黙っている井垣に皮肉っぽく言い放つと、「包丁スタンドは台所にはなかったのでは？」と、鋭い推理をぶつけてきた。

「なぜ、そう思うのですか？」

「あったら、犯人が包丁を使ったはずだからです」

「包丁スタンドは、押入れの奥にありました」

井垣は、谷川晃枝の推理が知りたくて、捜査情報の一つを彼女に教えた。胸の高鳴りが強まっている。

「やっぱり、そうだったんですか。台所にはなかったんですね。それで謎が解けました」

谷川晃枝は、肩の荷が下りたといった安堵の表情になって、ようやく腰を上げた。

「どういう謎が解けたんですか？」

――寺田希美子は、自分が男に殺害されるような状況になるのを予感し、それを回避するために、凶器になるような刃物や紐類をあらかじめ目につかぬ場所に隠しておいた。

そういう推理のもとに捜査は進められたのだが、肝心の男の存在そのものがつかめずに終わった。いや、捜査上に浮かんだ男は何人かいたが、どれもアリバイがあって疑いが晴れたのだった。

——顔見知りではなく、アパートに侵入した男の犯行ではないか。

そんな見方も出た。一人暮らしの女性を狙って侵入したところ、騒がれて殺してしまったケースも考えられた。だが、被害者の身体には暴行されたような形跡はとくになかったのである。

「毒殺は女の犯罪。扼殺は男の犯罪。刑事さんは、そう思いませんか？」

谷川晃枝は、さらに謎が深まるような言い方をしただけで、解けた謎については教えてくれなかった。

「毒殺が女の犯罪というのは……」

谷川晃枝がなぜ毒殺にこだわるのか、井垣は怪訝に思った。彼女の周辺で、何か毒物に関係した事件が起きていたのだろうか。

ああ、そうか、と思いあたった。彼女は、宇都宮市郊外に住んでいるはずだ。去年、あのあたりの住宅街で、飼い猫を巡る主婦同士の悲劇的な事件が起きていたのではなかったか。相手のいれた紅茶に砒素を入れて飲むという、自殺を他殺に見せかけた事件が。

しかし、井垣は、あえてその事件には触れずにおいた。家庭の主婦が、勇気を振り絞って情報提供をしてくれたのである。これ以上、彼女の周辺を詮索するのは礼儀に欠ける。

6

谷川晃枝からもたらされた情報をもとに当時の捜査資料と照合し、再捜査を開始したところ、被害者の寺田希美子が勤務していた会社の社員の中に、該当する品川ナンバーの車の保有者がいることがわかった。

驚いたことに、五十一歳のその社員――山崎基彦《やまざきもとひこ》は、事件当時は役職に就いていなかったが、いまでは重役にまで出世していた。自家用車も新しいものに変わっていたが、覚えやすいナンバーだったせいか、愛着があったのか、当時と同じナンバーを使っていた。

山崎は、最初は犯行を否認していた。けれども、事件現場から検出されたDNAと本人のものが一致した事実を突きつけられると、顔を覆ってうなだれ、犯行を認めたのだった。

会社の役員の娘と結婚していた山崎は、寺田希美子とも関係を持っていた。しかし、部署が違い、仕事上はまったく接点がなかったため、二人の関係は誰にも気づかれなかった。それだけ、山崎が慎重に関係を続けていたともいえるが、彼の供述によれば、「彼女のほうから自分の立場をわきまえたつき合い方を提案してきた」という。

――彼女は、永遠に日陰の身でいい、あなたのことが純粋に好きだから、たまにあなたに会えるだけでいい。そう言ってくれたんです。あなたの家庭を壊すつもりはない、と。その言葉に甘えて、ずるずると関係を重ねてしまいました。でも、子供だけは諦めてほしかったんです。子供が生まれたら、彼女の気持ちが変わり、子供の認知を求めてくるかもしれない。妻に知られたら家庭が崩壊する、自分の将来はない、と怖くなったんです。

寺田希美子は、妊娠などしていなかった。「妊娠したの。あなたの子供を産みたい」とうそをつくことで、山崎の本心を探りたかったのかもしれない。年齢を重ねて、日陰の身でもいいと言っていた彼女の心にも変化の兆しが表れたのか。

――会うときは、いつも人目につかないラブホテルでした。ファミレスに入ったのは一度だけだったし、彼女のアパートに行ったのもあのときだけでした。子供を諦めてほしい、と説得に行ったのですが、言下に拒否されて。そのとき、なぜか彼女が笑顔だったので、余計腹立たしくなってしまって……。

井垣は、取調室での山崎の様子を思い起こして、女性心理の複雑さを痛感した。

「男にとって、都合のいい女だったわけね。でも、妊娠したなんてうそをついたことで、命まで奪われてしまうなんて」

と、美江は、山崎の逮捕を報じるニュースを見て、ため息をついていた。

事件の詳細について家庭内で語らないことにしている井垣だが、美江が話題にしたときには世間話程度に応じる。十六年ぶりに真犯人が捕まったのである。しかも、犯人の男は、ある程度名の知れた会社で重要なポストに就いており、傍目には経済的に恵まれた幸せな家庭を築いていた。世間がその事件に注目しないわけがなかった。

「笑顔でうそをつく。そういう女性心理、姉貴はわかるか？」

「日陰の身でいた彼女が、その瞬間だけ奥さんより優位に立てた。そういう余裕の笑顔かしら。夫に依存しなくてもわたしは生きていける。子供を一人で産み育てる力がある。そういうアピールの微笑かしら」

美江は、首をかしげながら答えて、「よくわからないわ。女だっていろいろだし」と、その首を左右に振った。と同時に、事件への関心を払拭《ふっしょく》するように話題を切り替えた。

「俊、ありがとう。将来の進路について、慶太に聞いてくれたのね」

「ああ。慶太、何か言ってた？」

自分の口からちゃんと母親に伝えるように諭しておいたのである。

「一生懸命勉強して、国立の医学部に進みたいと思っている。だから、応援よろしく。短くだけど、きちんと自分の考えを伝えてくれたわ」

「そうか。じゃあ、よかった」

「これからが大変だけどね。できるかぎりの応援はするつもりよ」

美江は言って、微笑んだ。

久しぶりに見られた姉の笑顔だった。珍しく美江の休日と井垣の非番が重なった日である。「図書館のほうが集中できるから」と、慶太は朝から町の図書館に出かけている。

「それにしても、懐かしく思い出すわね」

美江がそう話を続けて、遠くを見るように目を細めた。「ついこのあいだまで、ママ、ママ、ってわたしにまつわりついていたあの子が、将来を考える年齢になったなんてね。幼いころのあの子、わたしがトイレに行くにも追いかけてきて、わたしの足にしがみついて今生《こんじょう》の別れみたいにわんわん泣いたり、家事に疲れて床にへたりこんでいると、突然、後ろから抱きついてきたり……。お乳くさいあの子の匂い、柔らかい肌の感触、温かい手のぬくもり、全部憶えているわ。一生忘れられないでしょうね」

美江の言葉を聞きながら、井垣も幼いころの慶太の姿を思い浮かべていたが、ハッと胸をつかれた。

――寺田希美子も同じ思いだったのではないか。

ふっと、そう感じたのだ。台所にあった包丁スタンドを押入れにしまった彼女の真意は、そこにあったのではなかったのか。

事件のあの日、山崎基彦は、人目につくリスクをおかしてまで寺田希美子のアパートを訪ねた。「子供を諦めてくれ」と、必死に彼女を説得するつもりでいたのだろう。しかし、彼女ははなから応じるつもりはなかった。うそをついたまま、冷静に彼の次の行動をうかがっていたのだ。

――ひょっとしたら、わたしは彼に殺されるかもしれない。

寺田希美子は、そういう予感を抱いていたのだろう。会社での彼の立場から、自己保身の気持ちを読み取っていた可能性は考えられる。包丁スタンドを押入れにしまったのは、凶器となりうる刃物類を彼の目から遠ざけて、殺害から逃れるため、と推測していたが、その理由に関しては的はずれだったのかもしれない。

――殺すのなら、凶器を使わずに、じかに、あなたの手でわたしの息の根を止めてほしい。

彼女は、そう望んでいたのではないだろうか。だから、押入れには包丁のほかに絞殺に使うような紐の類《たぐい》も隠してあった。首を絞めたときの感触が、一生彼の手に残るように願って……。

――彼女は、死をも覚悟していたのだ。

井垣は、自分が手繰り寄せた推理を、情報提供者の谷川晃枝に伝えるべきかどうか、少し迷った。だが、すぐに、その必要はないという結論に至った。谷川晃枝は、とっくにそのことに気づいていたに違いない。

「毒殺は女の犯罪。扼殺は男の犯罪。刑事さんは、そう思いませんか？」

谷川晃枝が最後に残した言葉が、井垣の中で重みを増した。

井垣が調べたところ、谷川晃枝の自宅は、やはり、あの「愛猫家毒殺事件」が起きた住宅街にあった。
去年の事件が彼女の背中を押すことにつながったのは、間違いない。

骨になるまで

――

「隠す」

1

――親しい人間の秘密が死後に露見する。

そういうのは、小説やドラマの世界の話だと、福島美里《ふくしまみさと》は思っていた。

ところが、その種の話がごく身近にころがっていたのだ。

美里の母方の祖母、吉川志野《よしかわしの》が病気で亡くなり、葬儀の席上でのことだった。

弔問客が帰り、座敷で身内だけになったとき、日本酒を何杯も飲んで顔を赤くした志野の弟の敦《あつし》が、「姉さんもあれだな、あれでいろいろあった人生だったよな」と、しみじみとした口調で言った。

「いろいろって？」

と聞き返したのは、深い意図があってのことではなかった。

「ほら、八十年の人生で二度結婚しているわけだしさ」

「えっ？」

美里の顔色が変わったのを見て、敦はあわてたようだった。

「美里、おまえ、聞いてないのか？」

「知らないわ。それ、本当なの？」

志野には一人娘がいるが、それが美里の母親で、両親が結婚して生まれたのが美里と弟の拓也《たくや》である。拓也は姉より早く結婚し、現在は家族を連れて海外赴任中、今回の葬儀には仕事の都合で帰国できなかった。

「いやあ、おまえたちがある程度の年齢になるまでは、と口止めされてはいたけど、さすがにもう初美《はつみ》も話していると思ったからさ」

敦はそう言い訳して、「なあ、初美」と、台所で片づけものをしていた美里の母親に声をかけた。

だが、喪服姿の初美は返事もせず、台所から動こうとしない。その横顔はこわばっている。

「何で、いままで子供たちに話さなかったんだ？　どうせ、わかることじゃないか。姉さんが死んだら、生まれてからいままでの戸籍謄本を全部揃えなきゃならないんだしさ。そしたら、中村《なかむら》の家のことだってわかってしまう」

「中村？　おばあちゃんの最初の嫁ぎ先って、中村っていうの？」

「ああ、信州の木曽《きそ》だったな」

美里の耳には、そのとき、木曽がニューヨークやパリよりも遠い地のように響いた。祖母の口からも母親の口からも、その地名を聞いた記憶がないのに改めて気づいた。

「それで、おばあちゃんはその中村家と離縁したってこと？」

「二歳になる子供を置いて出てきたと聞いている」

「子供がいたの？　男の子？　女の子？」

「男の子だったんじゃないかな」

そこまで答えて、「おい、初美。はぐらかさないで、母親のおまえからちゃんと話さないとだめだぞ」と、あぐらをかいた敦は、台所の初美に向かって声を張り上げた。

2

「どうして、いままで黙ってたの？」

志野の葬儀から三日後、家で母親と二人になってから、美里は初美に問うた。住宅建材メーカーに勤務する父親は、関西への出張で家をあけている。

「その言葉、そっくり死んだおばあちゃんにぶつけてみたかった」

答えるかわりに、初美はそんなふうに言った。

「じゃあ、お母さんもおばあちゃんからは、直接何も聞かされてなかったの？」

「そうよ。あなたと同じように、お母さんも敦叔父さんから聞いたのよ。あなたが生まれてすぐだったわね」

「わたしが生まれてすぐって、もう三十年も昔の話じゃないの」

「ええ。敦叔父さんには口止めしておいたんだけど、年も年だから、もうおばあちゃんの秘密は家族で共有しているもの、と思ったんでしょうね」

「でも、わたしは知らなかったし、お母さんも知らないふりをしていた。どうして？　おばあちゃんに面と向かって問い質せばよかったのに」

「できないわ、そんなこと」

初美は、リモコンを向けてテレビを消すと、テーブルを挟んで娘に向き直った。

「大事なことだけに、やっぱり、本人の口から話してほしかったのよ」

初美の目が静かな怒りをたたえているのを見て、ああ、なるほど、と美里は得心した。

夫の死後、川越《かわごえ》市内で一人暮らしをしていた志野が胆石の手術をきっかけに、さいたま市浦和区内の娘の家で同居を始めたのは、二年前だった。

その半年前にかかりつけの進藤《しんどう》医院で病巣が発見され、紹介状を書いてもらってさいたま市内の総合病院に入院し、専門医の執刀による手術を受けた。退院後も自宅で生活していたが、予後がおもわしくなく、発熱や吐き気で寝込む日もあった。我慢強い性分の志野は、離れて暮らす初美や美里に体調の悪さを訴えてきたりはせず、二日間雨戸が開かなかったのを心配した進藤医師が初美に電話で知らせてきて、寝込んでいるのがわかったのだった。

それを機に、初美は、半ば強引に志野が住んでいた借家を引き払い、母親を自分の家に引き取ったのである。一人娘としての責任感もあったのだろう。

けれども、同居生活を始めてからの志野と初美の母娘関係は、美里の目にはあまり良好なものに映っていなかった。初美の志野に対する言葉遣いには棘《とげ》が感じられたし、態度にはどこかよそよそしさが漂っていた。

志野は最初の結婚で子供を産んでいるという。その最初の結婚のことも、異父兄がいることも母親に秘密にされていたのだと知って、初美がショックを受けるのも当然だろう、と美里は思う。隠しごとをし続ける母親を許せずにいたのだろう。

すべてがわかると、冷たいと思えた母親の祖母に対する言動が、妙に腑に落ちる気がするのである。

「おばあちゃん、死ぬまでわたしたちに秘密にするつもりだったのね」

「最初から、お墓の中まで持っていくつもりだったんでしょう」

呆れた声で言い、初美はため息をついた。

「その子について、おばあちゃんが何か書き残しているものはないの？」

遺品の整理はこれからだが、先が思いやられて美里も吐息を漏らした。

「さあ、どうかしら」

「さあって、大事なことじゃないの。他人事のように言わないで」

志野が亡くなり、その子供には遺産の相続権が生じる。初美と彼女の異父兄の二人である。

「おばあちゃんが住んでいたのは、古くて狭い借家だったのよ。同居するときに、家の修繕費にと少しまとまったお金を出してもらったけど、たいした預貯金があったわけじゃない。財産なんてないに等しいわ」

「財産の有無なんて関係ないでしょう？　とにかく、このままにはしておけないわ。その……木曽の中村家に置いてきた子のことを調べないと」

初美が今年五十六歳だから、異父兄は六十歳くらいになっているだろうか。法律的なことはよくわからない。が、確か、相続税には支払い期限があって、その前に相続権のある者全員に通知しておかないといけないのではなかったか。そういう手続きを怠れば、あとで面倒な事態に発展しかねない。相続税が発生しない場合でも、道義的に産みの母の死を知らせる義務はあるのではないか。

「お母さんはごめんよ」

と、初美は激しくかぶりを振って、自ら腰を上げての調査を拒否した。

3

「そうか。意地を張っているわけか。君のお母さんの気持ちもわからないでもないな」

と、達郎《たつろう》は受けて、共感を示すようにうなずいた。

「そうよね。おばあちゃんに隠し子がいたなんて、わたしだってすぐには受け入れられなかったもの」

うっかり「隠し子」という言葉を使ってしまい、「あっ、ごめんなさい」と、美里は口に手を当てた。

「別にいいんだよ。こっちは隠れているわけじゃないし」

言いながら、達郎は華麗な手さばきでトランプの札を切る。続いて、扇のように札を広げると、「一枚抜いて」といつものように美里に言う。美里は、いつものように適当に一枚を選ぶ。達郎はふたたび札を切って、扇形に広げてこちらに向けると、「じゃあ、好きなところに入れて」と美里に指示する。どこを選んでも同じなのはわかっている。どの位置に札を差し入れても、それらの札をみたび華麗に切ったあとで、「美里が選んだのはこれでしょう?」と、見事に当てられてしまう。

何度経験しても、タネが見抜けない。どんなに仲よくなろうと、達郎は決してタネを明かそうとはしない。

てのひらに載せた十円玉をぎゅっと握って、美里の前で何度か振ってみせる。次に、その握りこぶしを美里の前に突き出し、くるりと天井に向けて、次の瞬間、ぱっと開くと、あら、不思議、中には何もない。十円玉は消えている。そんなマジックもやってみせてくれる。「十円玉、どこに隠したの?」と聞いても、笑っているだけで教えてくれない。忘れたころに、ジーンズの尻ポケットから出してみせたりするのだ。

達郎は、マジシャンである。神楽坂《かぐらざか》のカフェバーの店員なのだが、店長に請われて客寄せにマジックを披露したら、これがかなりの評判を呼んだ。それから、定期的にマジックショーを開くことになったという。

二年前、会社帰りに以前から気になっていたカフェバーに一人で入ったら、ちょうどマジックショーが始まるところだった。マジックが格別に好きだったわけではないが、トランプを自由自在に操る彼の長い指と巧みな話術にすっかり魅了され、まわりの誰よりも大きな拍手を送った。ショーが終わると、客のテーブルに座って雑談することになっているようで、その夜、達郎が座ったのはカウンター席の美里の隣だった。理由を聞いたら、

「一人で寂しそうだったから」と言う。

「別に寂しくなんかないけど」

ムッとして言い返してしまった。

「一人でいる女性、ぼくは嫌いじゃないよ」

彼は、一人で入店した美里を好意的に見ていたのだとわかった。

「次は、外で会わない？」とその場で誘われ、何度かデートを重ねながら、彼の特殊な生い立ちを聞かされるまでの仲に発展していった。デートの場所も、彼のアパートに変わった。

「実はぼく、ある芸能人の隠し子なんだ」

最初に告白されたとき、隠し子の意味がわからず、「隠し子って何？」と聞き返した美里だった。

隠し子とは、世間に隠して産んだ子であり、正式な結婚を経て生まれた子ではないという意味で、法律用語では非嫡出子と表現される。

達郎が自分の父親として口にした名前は、歌舞伎界の血筋を引いていながら、活躍の場はおもにテレビドラマの世界という美里も知っている四十代の人気俳優だった。彼が十九歳のときに五つ年上の達郎の母親と銀座のクラブで出会い、子供ができた。出産後、俳優は達郎を認知はしたが、周囲の反対もあって、婚姻届を出すのはためらったという。

「まあ、その世界では珍しくない話でね」

と、達郎は自嘲ぎみに自分の複雑な生い立ちを語ったが、美里は、彼が自分から話さないかぎり、テレビや雑誌で見かけても彼の父親の話題には触れないようにしてきた。

「君のおばあちゃんの場合、家族に隠していた点では隠し子になるかもしれないけど、一般的には、父親が世間に隠して女性に産ませた子を隠し子と呼ぶ。つまり、認知が必要になるケースだね」

「そうか」

美里は、胸をつかれた。「隠し子」にもいろんな意味合いがある。こちらは、志野が最初の結婚で産んだ子を「隠し子」と受け止めているが、あちらから見たら、志野の一人娘の初美が「隠し子」という位置づけになるのかもしれない。

「あちらはどうなのかしら。お母さんのことを聞かされているのか。おばあちゃんと離婚した夫は、新しい妻を迎えたのか」

「さあ、どうだろうね」

「いずれにしても、その人、わたしの伯父さんにあたるわけよね」

「そうなるね」

「どんな人なんだろう」

いままで母親が一人っ子だと思い込んでいたから、母方のおじやおばがいないのを寂しく感じていた。ところが、父親が違うとはいえ、血のつながった伯父さんがいるという。

「伯父さんに会ってみたい？」

「会ってみたいような、会うのが怖いような……」

「法律の専門家に頼んで、探してもらうのが早道かもね。費用はそれなりにかかるけど」

「お母さんは何もする気がないみたいだから、わたしが動かないと」

まずは、生まれてから亡くなるまでの祖母の戸籍謄本を取り寄せるところから始めなくてはならない。

「委任状があれば、ぼくがかわりに役所に行けるよ。美里は会社があって、平日は休めないだろう？　その点、ぼくは昼間の時間が比較的自由になる。それに、ぼくには人脈もある。ほら、例の騒動で週刊誌の取材を受けたりしたからね。懇意になった記者が何人かいるんだ。彼らは独自のルートを持っているから、探偵並みの調査力を発揮すると思うよ」

例の騒動とは、俳優の父親がひとまわり年下の女優との結婚を決めた際に、彼の過去がふたたびクローズアップされ、「隠し子騒動」としてマスコミで話題になったことだった。週刊誌の記事の中では仮名にされていたから、達郎が渦中の隠し子であったことには周囲は気づいていない。

「ありがとう。助かるわ」

礼を言って、美里は達郎のアパートをあとにした。

敦から祖母の秘密を聞かされたのである。一番多く情報を持っているのは敦のはずだ。そう考えた美里は、次の休みに所沢《ところざわ》市の敦の家を訪ねた。

4

七十七歳になる敦は、健康そのものだと自慢していたのに、美里が訪ねた日には「畑に行く途中でころんで足をくじいた」と言って、縁側の椅子で休んでいた。

「まったく、情けないいね。普通なら、こんなに天気のいい日はまずうちにはいない」

玄関に回らずに縁側から上がると、敦は上半身を起こして美里を迎えた。敦は息子の家族と二世帯で暮らしている。キュウリやナスなどの夏野菜がどっさり採れる時期でもあり、妻と息子夫婦は、揃って近くの畑に行っているという。二人の孫は、社会人と大学生となって県外に出ている。

「敦叔父さん、これに見憶えある？」

家族がいないうちに用事を済ませてしまいたい。美里は、早速、持参したものを敦に見せた。子供用の赤い塗り箸が一膳と、星のような模様の入った赤い櫛が一枚。

「どちらも木曽の漆器だね。姉さんが中村家から持ってきたんだろう。箸はヒノキだろう。木曽はヒノキの産地で有名だからね。こっちの櫛は、硬さからしてトチかカシワか、そのあたりの木材を使ったものだろう」

　敦は、一つ一つに手を触れて鑑定した。

「中村家で男の子が使っていたお箸と、おばあちゃんが使っていた櫛ってこと？」

「たぶん、そうだろうな。中村家から持ち出せたのがそのくらいだったのか、過去を忘れるために、ほかはみんな捨ててしまったのか……」

　美里も同じような解釈をしていた。箸も櫛もどちらも新品には見えない。ヒノキの箸は、お食い初めのときに使ったものだろうか。それぞれ和紙にくるまれて、志野が使っていた箪笥《たんす》の引き出しにしまわれていた。川越市の借家からさいたま市の娘の家に引っ越してくるときに、最初の婚家に関するものは、箸と櫛以外すべて処分したのかもしれないし、再婚前にすでに処分してしまっていたのかもしれない。

「そもそも、どうしておばあちゃんは離縁……されたの？」

「嫁いだ先が旧家で、舅《しゅうと》も姑《しゅうとめ》もさらには小姑までいて苦労したって話は聞いたけどね。よくある姑との折り合いが悪かったってやつかな。子供のころから、姉さんはあんまり身体が丈夫じゃなかった。それで、働かない嫁、役立たずの嫁、なんて陰口を叩かれていびられたんじゃないかな。姉さんが出戻ったとき、こっちは学生で忙しかったからね。どういう事情があったのか、俺もくわしくはわからんのだよ」

「だけど、二歳の子を置いて家を出るなんてよっぽどでしょう？」

「旧家に生まれた男の子だから、よけいその子に先方が執着して、って事情もあったんだろうね。子供を取り上げられて、姉さんだけ追い出された」

敦は深々とため息をついてから、「最初の結婚で懲りたのか、次は中村家とはまったく違う吉川家の男と一緒になったわけで。二番目の夫は、美里も知っているだろうけど、高卒だがひどくまじめな公務員で、給料は少なくて持ち家もなかったけど、親戚筋も少なくてつき合いがらくだった。だから、姉さんもおおむね幸せに過ごせたんじゃないかな」と言葉を紡いだ。

「おばあちゃんには苦労した分、もう少し元気に長生きしてほしかったわ。あのとき、強引に脳の検査を受けさせればよかったって、いまだに後悔してる」

言葉にしているうちに無念さがこみあげてきた。微熱があるのか、額に手を当ててだるそうにしていたので、「おばあちゃん、頭痛が引かないようだったら、脳に小さな腫瘍《しゅよう》ができてる可能性も考えられる。一度脳ドックを受けてみたら?」と勧めたのだが、「もう人がいっぱいの病院はたくさん、検査もたくさん」と言って、大きな病院に行こうとはしなかった。そのかわり、美里があまりにうるさく言うので、気休めになればと思ったのか、頭痛薬をもらいに近くの内科クリニックには通い始めた。画像で確認すれば、脳の血管に異常があるのがわかっただろう。猛暑の日に自宅で倒れた志野は、救急車で病院に運ばれた翌日に亡くなった。死因はくも膜下出血だった。

「身体の弱かった姉さんが八十まで生きられたんだから、もう充分だよ」

敦は自分に言い聞かせるように言ったが、やはり、彼自身も払拭できない不満がある様子で、「だけどな」と言葉を継いだ。「外出先でうずくまるほどの激しい痛みの原因が胆石とわかって、進藤先生がせっかく紹介状を書いてくれて、鈴木《すずき》先生といったか、腕のいい専門医のいる大病院で手術したんだろう？　それなのに、手術をしたから劇的に体調がよくなったってわけでもなく、ぐずぐずだらだらと横になる日が続いていた。何だか姉さんがかわいそうでな」

「そうね」

敦の言葉に美里も胸の痛みを覚えた。「もういい年だから手術なんて受けたくない」と嫌がる志野を、「放っておくと、胆のうが炎症を起こして死に至るケースもあるのよ。また外で動けなくなったらどうするの？　お腹にいくつか小さな穴を開けるだけの簡単な手術だそうだから」と、母親と二人して説得し、ようやく受けさせたのだった。簡単な手術などあるはずがないとはいえ、進藤医師の強い勧めで名医と評判の医師に執刀してもらったのだから、微熱や吐き気などの症状が術後も続くのはおかしい、と美里も思ってはいた。

志野が退院してしばらくたったころ、一人でいる母親の様子が心配になった初美は、進藤医師に電話をかけた。電話を切った初美は、「おばあちゃん、昔から注射や検査が嫌いな人でしょう？『何か別の病気が潜んでいるかもしれないから、もう一度お腹の検査をしてみましょうか』と勧めた進藤先生のところにも、足が遠のいているみたいなの」と、困惑した表情で美里に報告した。

志野は美里の家に越してきてからも、家に引きこもってばかりで、めったに外出しなかった。外に行こうと誘っても、「高齢だから、家でおとなしくしてるわ。外でころんだりして、みんなに迷惑かけたくないから」と言い、家で本を読んだり、テレビを観たりして過ごしていた。が、部屋をのぞくと、大半の時間はベッドに横たわっていた。「おばあちゃん、具合が悪い？」と聞くと、「そんなことないよ。年のせいだよ」とその場は笑ってみせて、そして、そのあと、またたるそうに横になるのだった。

「まあね、人間、年をとればあちこちガタがくる。丈夫だと思っていた俺だって、足の筋力がこうして低下するんだ。もともと身体の弱い姉さんが手術後、捗々《はかばか》しくなかったとしても仕方ないよな」

敦は、諦めたように言って笑った。

「もう中村家とは完全に縁が切れたのかしら」

美里は、話題を戻した。

「姉さんがあっちと連絡を取り合っていたかどうかはわからん。手紙は残っていなかったんだろう？」

「ええ」

衣類や装飾品以外の遺品の中からは、箸一膳と櫛一枚のほかは、はがき一枚も見つからなかったのだ。

「中村家の関係者が葬儀に来たかどうかは、芳名帳を見ればわかるだろう」

敦が新たな手がかりに言及した。

5

志野が最初に結婚した男は、名前を中村潤一郎《じゅんいちろう》といい、二人のあいだに生まれた男の子は、名前を孝一《こういち》という。それらは、美里の代理人として、達郎が志野の戸籍謄本を取得してくれたので判明した事実である。志野が嫁いだ地は、当時は木曽郡楢川《ならかわ》村と呼ばれていたが、現在は塩尻《しおじり》市と地名が変わっていることもわかった。

「君のお母さんの異父兄、中村孝一だけど、その孝一がいまどこでどうしているか、それはまた孝一ルートで調べないとわからない。そこが厄介でね。いちおうネットで検索してみたら、何人かヒットしたけど、年齢的に該当者はいない」

「今年五十九歳よね」

戸籍謄本に生年月日が記載されていたので、年齢も判明した。

「どうする？　やっぱり、専門家にお願いする？　ぼくが委任状とついでにあの漆塗りの箸と櫛を持って、信州まで出向いて調べるって方法もあるけど、探偵でもない隠し子のぼくが行くのも変だし、そんな勇気もない」

冗談めかして言って、達郎は笑った。

「司法書士に調査を依頼するわ」

そのくらいの費用はある。「調べるといえば、もう一つあるの」と、調査を決断した美里は、バッグから取り出したメモを達郎に見せた。

——佐々木秀子《ささきひでこ》　さいたま市中央区。

葬儀のときに斎場の受付に芳名帳を置き、弔問客に氏名や住所を記入してもらったのだが、そこから抜き出して書きとめた名前だ。

「これは？」

メモから顔を上げた達郎に、「芳名帳に一人だけ心あたりのない女性の名前があったの」と、美里は説明した。

「亡くなったおばあちゃんの知り合いか、お母さんの知り合いじゃないの？」

「お母さんは『知らない名前だ』って。おばあちゃんは、わたしたちと一緒に住んでまだ二年しかたっていなかったでしょう？　地域のサークルにも入っていなかったから、知り合いは多くなかったし、川越のお友達もみんな高齢になっていて、葬儀に参列したのは数人だったわ」

香典袋も調べてみたが、佐々木秀子の名前が筆字で書かれた袋には、やはり、さいたま市中央区としか書かれておらず、番地までは記されていなかった。

「さいたま市中央区に住んでいる佐々木秀子さん、か」

達郎は、素早くスマホで検索を始めると、「ああ、ｆａｃｅｂｏｏｋを開設している佐々木秀子さんもいるけど、これだけの情報じゃわからない。埼玉県在住じゃないみたいだし」と、画面を見つめたまま言う。

「まあ、中村家とは無関係の人かもしれないけどね」

そんなにこだわる必要もないか、と思いかけて、ふっと閃いた。「おばあちゃんが手術を受けた病院が中央区にあったんじゃなかったかしら」

手術には初美が付き添って、入院中に美里は見舞いに行っている。

「病院関係者、ってことか」

達郎は意外そうな顔をして、声を弾ませた。「ぼくが調べてやろう。それこそ、例の懇意にしている記者に頼めば何とかしてくれるはずだよ。フルネームさえわかれば、どこの何者か突き止められる時代だ、って豪語している記者もいるしね」

「ありがとう。じゃあ、お願いするわ」

――佐々木秀子が病院関係者だったら……。

美里の胸は高鳴り始めていた。

6

達郎の言葉どおりだった。一週間もたたないうちに、佐々木秀子に関する情報が得られた。

美里の推測は当たっていた。志野が手術を受けたさいたま中央総合病院に、佐々木秀子という名前の看護師が勤務していた。初美の記憶にはない名前だというから、入院中に面識の生じた看護師ではないのだろう。

どういうルートで情報を入手するのかわからないが、達郎が懇意にしているという週刊誌の記者は、佐々木秀子の自宅の住所まで突き止めてくれた。

——祖母の吉川志野の葬儀に参列してくださり、ありがとうございました。また、そちらの病院での手術の際には大変お世話になりました。親族の一人として、うかがいたいことがありますので、お時間をとっていただけませんか。

美里がそういう内容の手紙に連絡先を添えて送ったら、佐々木秀子のほうから「承知しました。お会いします」とパソコンにメールが届いて、日時と場所を指定してきたのだった。

佐々木秀子が指定した場所は、勤務先の病院ではなかった。大宮駅の近くにあるホテルのティーラウンジで、会話の内容を他人に聞かれたくないのだろう、と美里は察した。

四十一歳という年齢も調べてもらって把握していた。だが、実際に会ってみると、佐々木秀子は年齢よりも若く見えた。薄化粧で童顔のせいかもしれない。

「どうして、祖母の葬儀に参列してくださったんですか？」

挨拶を終えると、すぐに本題に入った。

「救急車で運ばれた病院に、たまたまわたしの看護師の友達がいて。患者さんの名前に聞き憶えがあったので」

佐々木秀子は、目を伏せぎみにして答えた。

「それだけのつながりでわざわざお葬式にまで？　ちょっと不思議な気がしますけど」

美里は、ひるまずに切り込んだ。頭の中に一つの揺るぎない仮説が形作られていた。

「何か後ろめたいことがあったから、祖母の葬儀にいらしてくださったのでは？」

佐々木秀子の顔が上がった。

「おたくの病院で手術ミスがあったんじゃないですか？」

単刀直入に聞いた。

佐々木秀子は少し考えてから、「手術そのものは成功しました」という答えを返して、

「でも、そのあとにミスが起きた可能性は否定できません」と認めた。

「お腹に何か残したまま閉じてしまったんですね？」

そのはずだ、と美里は確信に近い思いを抱いていた。そうでなければ、術後の志野の体調がすぐれなかったことの説明がつかない。志野は、いま思えば、痛む腹部をかばうような姿勢で横になっていた気がする。

「レントゲン検査で異物残存が確認できなかったので、そう断定はできません。でも、見落としがないとも言えないのです。申し訳ありません」

と、佐々木秀子は頭を垂れると、その先を続けた。「わたしは、手術室所属の看護師なんです。手術を担当した消化器外科の鈴木先生は、信頼のおけるベテラン医師です。手術に使った器具に関しては、メスはもちろん、針一本、ガーゼ一枚も漏らさず、執刀医と担当看護師のあいだで個数確認をしないといけません。あのときは、あるもののカウントが違っていて、わたしは先生に指摘したんですが、『そんなことはありえない。君たちの数え違いだよ』と語気強く言い返されて、ついそのままに……。手術がたてこんでいたのか、体調が悪かったのか、何だか気が立っておられて、先生は数が合わないままに手術を終えられてしまったんです」

「器具の置き忘れということですね？　数が合わなかったのは何ですか？」

「ガーゼです」

「だったら……」

思わず脱力して、口元まで緩んだ。「すべて燃え尽きて、証拠は何も残ってないってことじゃないですか。祖母は、もうお骨になってしまったんですから」

「すみません」

「わかったわ」

それで、佐々木秀子の一連の行動が呑み込めた。「あなたは、良心の呵責《かしやく》を感じて葬儀に参列されたんですね。祖母の遺影に手を合わせて、気がらくになりましたか？　祖母の死因は、胆石の手術とは直接関係のないくも膜下出血でした。たとえ、担当医が祖母のお腹の中にガーゼを置き忘れたとしても、その確認をあなたたち看護師が怠ったとしても、それらのミスと祖母の死とのあいだに顕著な因果関係は認められない。それがわかったから、安心してこうして謝罪にこられたんでしょう？　いまさら、医療ミスを訴えても、証拠が燃えてなくなっているのだから、こちらはなす術《すべ》もない。それらを承知の上でわたしと会ったんですね」

石のように動かない佐々木秀子を残して、美里は席を立った。

7

——たとえ証拠がなくとも、黙ってはいられない。遺族としては、病院の杜撰《ずさん》な体制や隠蔽《いんぺい》体質を世に問わないといけない。

その前に、実際にメスを握った執刀医の鈴木医師から、ひとこと謝罪の言葉がほしい。美里は、さいたま中央総合病院に来ている。

今日が鈴木医師の外来診療日に当たっていると知って、休みをとったのだ。紹介状を持って行くような大病院ではあるが、紹介状がないからといって診療拒否をすることはない。

症状などどうとでもごまかして書ける。問診票に「下腹部がしくしく痛む」と適当な症状を書いて、受付に提出し、待合室で待っていた。

佐々木秀子から聞いた話は、まだ誰にもしていない。初美にも達郎にも。

まずはわたしが鈴木医師に会ってから、そのあとで……と考えていた。

司法書士の調査報告書の文面が脳裏に浮かぶ。

——ご依頼どおり、中村潤一郎と志野のあいだに生まれた男子、中村孝一に関して調査した結果をご報告します。潤一郎は志野と離婚後に再婚し、二番目の妻とのあいだに二人続けて男子をもうけております。孝一は長野県内の公立高校を出たあと、国立大学の医学部に進みました。次男が中村家の跡取りと決まっていたためか、長男の孝一は埼玉県内の個人病院の院長の娘、鈴木晴香《はるか》と結婚し、鈴木姓になりました。現在は、消化器外科の医師として、さいたま中央総合病院に勤務しております。

「福島さん、福島美里さん」

名前を呼ばれて、われに返った。

診察室のドアを開けて、看護師が美里を呼んでいる。

――どうしよう。

迷いが生じた。「おばあちゃん、具合が悪い？」と聞いても、「そんなことないよ。年のせいだよ」と、微笑んで横になっていた志野の顔が思い出された。

――おばあちゃんは、わかっていたのだ。

執刀医の鈴木孝一は、かつて自分がお腹を痛めて産んだ子だと。面談のときに気づいたのかもしれない。気づいていて、あえて黙っていたのだろう。わが子だとわかっていたから、医療ミスを隠し続けたのだろう。だから、その後の一切の検査を拒否したのだ。本当は腹部に相当な痛みがあったに違いないが、そこから目をそらせるために、頭痛を訴えていたのかもしれない。皮肉なことに、偶然、それが死へとつながってしまったのだが。

志野は、死ぬまで、わが子を守り抜きたかったのだろう。二歳で手放したことへの贖《しょく》罪《ざい》の気持ちもあったかもしれない。

執刀した鈴木孝一も、紹介状やカルテの患者名や年齢を見て、実母だと気づいたのかもしれない。互いに気づきながら、腹の中に言葉を秘めたままでいたのだろうか。とすれば、あれは手術時の動揺が引き起こしたミスだったのか……。それとも……。

美里は、バッグから巾着袋を取り出すと、「あの、これ、鈴木先生に渡してください」

と看護師に預けた。巾着袋の中には、一膳の箸と一枚の櫛が入っている。鈴木——旧姓中村孝一の生まれ故郷である木曽産の木材で作られたものだ。「この二つだけは、どんなマジックを使っても、どこにも隠すことはできないね」と、達郎が感慨深げに手にしていた光景がまぶたによみがえる。

ドアの隙間からわずかに白衣が見えた気がしたが、「お願いします」と言い添えて、美里はきびすを返した。

秘密　——「暴く」

プロローグ

五十代のパート女性。外出先で倒れて急死した会社員の夫が、生前女性と交際していたことがわかりました。

駆けつけた病院で、夫が持っていた携帯電話を渡されて、着信履歴を確認したら、女性からのものがありました。倒れた日の午前中に夫が電話をし、折り返しの連絡だったようです。思いきってその番号にかけてみると、女性の声が応じました。

それから、ずっと胸が苦しくてたまりません。

葬儀のあと夫の遺品を調べたら、女性と一緒の写真や彼女にあてて書いたらしい手紙の下書きも見つかりました。

結婚して三十年以上になりますが、妻に隠れて女性と連絡を取り合うような人だとは思いもしませんでした。夫は子煩悩で、育児にも家事にも協力的でした。子育てを終え、これからは夫婦二人で、と考えていた矢先でした。

信じていただけに、裏切られていたと思うと、情けなくて供養する気も失せます。

一生、この悔しい思いを引きずって生きていかねばならないのでしょうか。気持ちが楽になる方法をどうか教えてください。

(栃木・K子)

1

「遅いわね」

優美《ゆみ》は、腕時計で時間を確かめて、胸に生じた不安を払拭するように小さく声に出してみた。予定の時間を一時間以上も過ぎている。

——何かあったのでは？

頭をもたげた不安が大きくなる。優美は、つねに心の中に不安を抱えていた。待ち人が不安なしではつき合えない種類の男だったからだ。

携帯電話を取り出したが、かけるのをためらった。彼との唯一の連絡手段がこの携帯電話である。着信や送信の履歴はなるべく迅速に消すこと。そう二人で取り決めていた。電話一本かけるにも慎重にならざるをえない。

——彼は、出張先の大阪から東京に戻り、会社に寄って用事を済ませてからここに来る。

そういう約束だった。確認の電話もし合っている。会社の用事というのが長引いているのだろうか。家族でもない立場の人間が、おいそれと彼の会社に電話をかけるわけにはいかない。あちらからかけてくれればいいのに。

――あと十分待ってみて、思いきって電話してみよう。

その十分がたったとき、優美の携帯電話が鳴った。彼からだ、と直感し、受けるなり
「どうしたの？　仕事が長引いているの？」と応じた。

返事のかわりに、しんと冷えた空気が携帯画面から立ち昇ってきた。

胸騒ぎが強まる。こちらが言葉を発したことを後悔した瞬間、

「主人は……亡くなりました」

と、女性の乾いた声が言い、電話は切れた。

優美は息を呑み、自分の耳を疑った。確かに「亡くなりました」と聞こえたが、本当だろうか。夫の携帯電話を何かの拍子に見つけた妻が、履歴に残っていた電話番号にかけてみたら、女の声が応じた。夫との親密そうな関係を察知した妻は、「亡くなりました」と、とっさにうそをついたのではないか。

――どうしよう。

気分を落ち着かせるためにすっかり冷めているコーヒーを飲み干して、優美は席を立った。ここにいても、もう彼――藤木《ふじき》武彦《たけひこ》が現れないことは明白だ。

いつかこんな日がくるのではないか、と恐れてはいた。人目を忍ぶ関係が平穏な状態で永遠に続くとは思っていなかった。細心の注意を払っての交際であっても、いつか奥さんに知れるかもしれないという予感はあった。

――奥さんの言葉が本当だったら……。

背筋が寒くなった。藤木の自宅の住所は知っている。真実を確かめるために、優美は彼の自宅へと足を向けた。

*

「やっぱり、お父さんの供養なんてしたくない」

湯飲み茶碗をテーブルに置いた敏江《としえ》がそう言い出して、弥生《やよい》はびっくりした。

「大丈夫、お母さんは何もしなくていいから。お兄ちゃんとわたしが全部仕切るからね」

その兄がきたら、四十九日法要の打ち合わせをしよう、と実家の居間で話し合っていたところだった。突然夫を失ったショックからまだ立ち直れずにいるのだろう。心身ともに疲れているにちがいない。弥生がそう思って返すと、敏江は、わっと両手で顔を覆って泣き出した。

「大丈夫だって。お葬式のときも、お兄ちゃんがきちんと喪主を務めてくれたじゃない。お母さんはただ、そばにいるだけでいいの」

葬儀以来、ひとまわり身体が縮んだように見える母を気遣って、弥生はやさしく言って肩に手を添えた。すると、その手を払って、敏江は頭を上げ、椅子の向きを変えた。

「供養する価値なんてない人なのよ、あの人は」

涙で濡れた敏江の目が怒りの色を帯びた。あの人という呼び方に、弥生は動揺した。

「どうしたの？　何かあったの？」

ただごとではない。葬儀のときに、「喪主を務めたくない」と、敏江は言い張った。無理もない、そんな気力も体力もないのだろう、と弥生は同情し、長男である兄の伸一《しんいち》にかわりに喪主になってもらい、葬儀会社と打ち合わせを進めた。「五十八なんて早すぎましたよね。元気そうだったのに」「血圧がちょっとばかり高かっただけで、ほかは何ともなかったんでしょう？　それで、心筋梗塞で逝っちゃうなんてね」と、弔問客から同情され、たくさん涙を流されて、父親——藤木武彦の葬儀は滞りなく終えたのだった。

四十九日法要は、親族のみでこぢんまりと行うと決めていた。それなのに、直前になって、敏江は夫の法要を行いたくないと言う。

「弥生、あなたは同じ女だから、教えるけどね」

敏江はそう前置きすると、吐き捨てるように言葉を重ねた。「お父さん、つき合っていた女がいたのよ」

弥生は、声を失った。母と娘で息苦しくなるほど見つめ合ったあと、ようやく「本当なの？」と声を振り絞った。

「証拠はあるわ」

待っていたかのように受けて、敏江は立ち上がると、食器棚の引き出しから封筒を持って戻った。封筒の中から写真とメモ用紙を取り出す。

「これは？」

渡されたプリクラの写真には、亡くなった父と見知らぬ女性が笑顔で並んで写っている。そして、メモ用紙には携帯電話の番号らしい数字が並んでいる。

「写真はお父さんの本棚から見つけたの。お父さん、歴史小説が好きだったでしょう？司馬遼太郎の文庫本に挟まっていたのよ。その携帯電話の番号は、お父さんが亡くなるその日にかけたものだった。お父さんがかけて、折り返しその番号からかかっていたわ」

「もしかして、お母さん、この番号に電話してみたの？」

母親の深刻そうな口ぶりから推察して、弥生は問うた。「お父さんの使っていたものを見るのがつらい」と言って、武彦が使っていた携帯電話は、すぐに通信会社に回収してもらったと聞いている。そうした敏江の言動を奇異に感じたこともあったが、普通の精神状態ではないのだろうと、深く詮索はしなかった。

「そうよ。女の声が応じたわ」

「何か話したの？」

「一方的にあの人が死んだことだけ伝えて、すぐに切ったけど。二人で待ち合わせている雰囲気だった。お父さん、あの日は出張から帰る日だったわよね」

弥生もあの日のことを思い返していた。武彦は、出張先の大阪から新幹線で東京に戻り、会社に行く途中の路上で倒れた。通行人が呼んだ救急車で病院に運ばれた武彦だったが、知らせを受けて敏江が病院に駆けつけたときにはすでに息を引き取っていた。弥生と伸一がそれぞれ仕事先から駆けつけたのは、そのあとだった。出張帰りだった武彦は鞄を所持していたから、持ち物から自宅の電話番号がわかったのだろう。病院に先に駆けつけた妻の敏江に、携帯電話をはじめとした所持品が手渡されたのだ。

「この写真の女性が電話の女性とはかぎらないじゃない。お父さん、会社の部下とふざけてプリクラを撮っただけかもしれないし」

自分でも信じていない空疎な言葉を、母を慰めるために言った。プリクラの女性は、今年二十九歳になる弥生より年上に見える。三十代半ばだろうか。いずれにせよ、武彦とは親子ほどの年齢差がある。肩までまっすぐ伸びた黒髪が艶やかで、切れ長の目が知的な雰囲気の女性だ。

「お父さんは、会社の女性とふざけてプリクラなんて撮るような人じゃなかった。そんなこと、あなただって知ってるくせに」

そのとおりだ。まじめで家族想いの父親だった。夏休みになると、海にも山にも子供たちを連れて行ってくれた。パート勤めの妻を思いやって、苦手な料理こそしなかったものの、掃除や洗濯や買い物などほかの家事は何でも引き受けていた。小学校時代、夏休みの絵日記に書くようにと伸一と弥生を都内の釣り堀に連れ出し、弥生だけがやけにたくさん釣れたことで伸一が気分を損ねたとき、父親が笑いながら伸一の釣りの手助けをしてやっていた光景が昨日のことのように思い出され、弥生の目頭は熱くなった。

「それに、お父さんに女がいた証拠はほかにもあるのよ」

「何なの？」

敏江は答えない。娘にも見られたくないもので、妻としてのプライドがあるのだろう。そのプライドを傷つけるのを避けて、「どんな女性か、わかってるの？」という質問に変えた。

「わからないわ、名前も職業も。携帯電話には女性名で登録されずに、『ヒメジ』とカタカナで登録されていたから」

「ヒメジ？　お城の姫路城？　名字じゃないとしたら、兵庫県出身の女性とか？」

「さあ」

そんなのどうでもいいじゃない、というふうにうるさそうに首を振ると、「だから、弥生、あなたに調べてほしいのよ」と、敏江は、すがりつくような目をして身を乗り出した。

「わたしが？　この電話番号にかけるの？」

「あなたしかいないのよ。こんなこと、伸一には頼めないし。このまま耐え続けることも考えたけど、ずっとお父さんに裏切られていたと思うと、どうにも悔しくて情けなくてね」

「女性を突き止めてどうするの？」

思いがけない展開になって、弥生はあわてていた。

「どうするかなんて考えてないわ。とにかく、このままだと気がすまないの。頭がおかしくなりそうで、自分一人の胸にしまっておけないの」

誰かに相談したくてたまらない、その相手が娘のあなたなの、と敏江の目が訴えている気がして、弥生はその視線から逃れた。

*

父親が急死したとき、罰があたったのだ、と弥生は思った。わたしのせいでお父さんが死んだのだ、と。

あの日、弥生は、久本《ひさもと》と会う約束をしていた。弥生の自宅アパートを久本が訪れ、一緒に食事をする予定だった。はじめて自宅に招く日だったから、前々から献立を決めたり、食材を揃えたりと弥生ははりきっていた。

ところが、夕方、敏江から会社に電話があった。武彦が出張帰りに路上で倒れ、病院に運ばれたときにはすでに心拍停止だったという。弥生や伸一はおろか、妻である敏江さえも死に目には遭えなかったのである。

その夜、弥生は久本に短い電話をかけた。「父が亡くなったから、当分会えない。くわしいことは改めて話す」と。改めて電話で話すことができたのは、葬儀のあとだった。葬儀に参列できなかったことを、久本は悔いていた。「いいのよ。心の中で弔ってくれれば」と、弥生は彼に言った。

公にはできない関係の二人だった。久本には妻がいた。あの日は、その妻が山口の実家に帰省していた日だった。妻が留守のあいだに密会しようとしたわけだ。

後ろめたさはつねに抱いていた。既婚者とつき合っていることの罪悪感はつねに引きずっていた。

——だけど、わたしは……悪くない。

しかし、弥生は、心のどこかで言い訳をしながら、自分と彼との交際を正当化しようとしていた。

——だって、出会ったとき、彼の左手薬指には結婚指輪がはまっていなかったもの。

出会いは一年前。それぞれの会社から、幹部候補生を養成するための短期間の社外研修に選ばれた二人だった。初対面で、弥生は久本を自分と同世代だと思った。グループディスカッションのときに、自分より八つも年上と知って、思わず「うっそー」と、声を上げてしまった。その見かけの若さが、当然独身のはずだと弥生に思い込ませてしまったのかもしれない。

研修期間が終わるころ、「またお会いしませんか？」と誘ったのは、弥生のほうからだった。さわやかな印象で、話のツボも合う。容姿も弥生の好みだ。弥生の職場にはいないタイプの男性で、これからの人生、もう二度とこういう男性は現れないだろうと思われた。

「いいですよ。いつにしましょう」

と、久本はあっさりと誘いに応じ、デートの日程と場所を提案してきた。

そんな積極的な男性に妻がいるとは、夢にも思わなかったのだ。

けれども、デートの回数が増え、二か月が過ぎたところで、久本の表情に陰りが見えた。

「ごめん。君に隠していたことがある」

恵比寿のイタリアンレストランで、久本は食事の前にそう切り出した。そして、膝に置いていた左手をテーブルに載せた。その薬指には見たことのないシルバーの指輪がはまっていた。輝きから真新しいものだと察した。

「結婚……したの？」

「いや、結婚……していたんだ」

「だって……」

「出会ったときは指輪なんてしていなかった。そのことを言っているんだろ？　あのときは、なくした直後だったんだ。気持ちがたるんでいるから落としたのよ、と妻に怒られてね。まったく同じものを作ってもらっていたんだ」

「それで、新しい指輪が完成したのね」

「言い出せなかった。君といる時間が楽しすぎて」

結婚指輪を見せられたからといって、すぐに嫌いになれるはずもなかった。別れる決意をする時間がほしい、と弥生は彼に言った。だから、それから一か月は会わなかった。けれども、我慢できたのもその一か月が限度だった。

「この結婚は失敗だった、とすぐに気づいたんだ。妻は一人娘で、実家は山口で建設会社を経営していてね。ゆくゆくは、家業をぼくに手伝ってほしいと言うんだよ。一度はあちらの家に妥協して、将来のために転職もした。だけど、本当は、こっちにずっといたい。できれば、君と人生をともにしたい」

久本の気持ちが妻から離れていると知って、弥生の心はいっそう燃え上がった。離婚に向けて建設的な話し合いができればいいのだ。離婚が成立したら、晴れてわたしは彼の妻になれる。

そのためにも、交際は慎重に続けないとならなかった。二人の関係が久本の妻に知れたら、不貞があったとされ、離婚に不利になる。多額の慰謝料を請求されるおそれがある。夫にひそかにつき合っていた女がいたと知って、妻は態度を硬化させ、「絶対に別れない」と言い出しかねない。

けじめもつけたかった。弥生は、離婚のめどがつくまでは、久本を自分の家には上げないと決めた。会うのは外で、費用はかかっても出入りがかぎられる会員制の店にした。

「『君とは同じ道を歩めない。君の実家の家業を継ぐことはできない』、そう彼女にはっきり伝えたんだ」

久本もいよいよ心を決めて妻に切り出したのが、あの「事件」の数日前だった。その前から、妻が頻繁に実家に帰省しているとは聞いていた。家業の今後についての話し合いらしかった。

――離婚話が順調に進んでいる。

弥生は、そう楽観的にとらえていた。「事件」の日も彼の妻は山口に帰省して、留守だったのだ。

しかし、そんな心の緩みにつけこむかのように「事件」は起きた。父親の急死である。弥生は、既婚男性と密会していた自分に神様が罰を与えたのだ、と思った。けれども、その急死した父親もまた、妻以外の女性と密会していたという。

にわかには信じられなかった。弥生の目には武彦はよき父親に、よき夫に映っていたからだ。しかし、まじめで誠実ゆえに、人から頼られたら無視できないやさしさも備えていたのかもしれない。それが、父親の場合、若い女性だったのだろう。

父親に共感を覚えている自分に、弥生は気づいていた。弥生もまた、何か形になるものがほしい、と久本に一緒にプリクラ写真を撮ることをねだったのだった。その写真は、財布に入れて携帯している。彼に会えないときに取り出して彼を想うために。だから、プリクラ写真を撮った父親の気持ちも、並んで写っていた女性の気持ちも、理解できたのかもしれない。短くてもいい、直筆の手紙を書いてほしい、という頼みも久本は聞き入れてくれた。彼の手のぬくもりが感じられるものを身につけていたかったのだ。

——そんなわたしに、その女性を探し出して意見する資格があるのだろうか。

弥生は迷っていた。携帯電話の番号は母からもらっている。だが、まだかける勇気はない。四十九日法要までには行動を起こさないと、と思っているが、下手に動いて心が乱れ、久本との関係が外部に知れる事態になっては困る。

玄関チャイムの音に、弥生はわれに返った。今夜こそ、久本が弥生の部屋に来ることになっている。久本の妻はもう二週間も山口に帰省したままだという。

「いらっしゃい。何も用意してなくてごめんなさい」

と、弥生は久本を部屋に招じ入れた。父親の死後、気分が落ち着かず、彼のために料理を作ろうという気力も起こらないでいる。

「そんなのいいんだよ。ピザでもとればいいんだし。それより、いい話があるんだ」

久本の声は弾んでいた。

「もしかして……」

弥生の胸は、大きく脈打った。

「そう、妻がついに応じてくれたんだ。離婚届が送られてきた」

久本は、立ったまま早口で報告し、そのまま弥生を抱きすくめた。

弥生は陶然として、しばらく動けずにいた。

「ようやく一緒になれるのね」

久本の厚い胸の中でつぶやくと、ああ、と身体を伝わって彼の低い声が響いてきた。

「妻のほうも、山口に行くのを拒否したぼくを見限ったようだ。中学校の同級生が彼女の実家に入るらしい。彼女の父親に気に入られたんだろう。最初からそうすべきだったのに、まわり道させて彼女には悪いことをした」

顔を上げ、久本が言葉を継いだ。

「でも、まだお互いに若いし、子供もいないのだから、よかったじゃないの」

――これで、心おきなく母の頼まれごとに着手できる。

弥生は、生前父が交際していたという女性に連絡することを考えていた。

＊

壁のカレンダーを見て、優美はため息をついた。藤木武彦が亡くなってから二か月が過ぎている。もう四十九日法要も済ませたころだろう。

——愛する人の供養を堂々と行うことができない。

それが、妻ではない自分の立場だということが身にしみてわかった。

あの日、「主人は……亡くなりました」という女性の声を携帯電話で受けたあと、優美は藤木の自宅へと足を向けた。

半信半疑だった。だが、彼の自宅に近づくにつれ、うそであるはずがないという思いが強くなっていった。真摯《しんし》さを帯びていた声。電波が運んできた緊迫感。自宅へ行ったとしても、建物はマンションである。外から内部の様子はうかがえない。

藤木の安否を知る方法がほかにあった。

優美は、藤木の勤務先近くの調剤薬局に勤めていた。藤木は月に一度、会社のビルに入った内科クリニックに通って血圧を下げる薬を処方してもらっていたのだが、その薬を優美の勤める調剤薬局で受け取っていたのだった。続けて二度、優美が藤木の投薬を担当した。最初に仕切りのあるカウンターで応対したとき、藤木は、「出張が多いのだけど、外食で何か気をつけることはありませんか？」と、熱心に質問してきた。二回目には血液検査の結果を示して、優美に分析と助言を求めた。優美は、薬剤師として知りうるかぎりのアドバイスをした。専門知識が披露できるのが楽しかったし、単純に頼られるのが嬉しかった。

その後、偶然、仕事を終えて外に出たときに藤木と会い、流れで最寄り駅まで並んで歩くことになった。乗った電車も途中まで行き先が一緒だった。が、乗り換えの前に車両トラブルがあり、電車が止まってしまった。当分動かないという。

「降りましょうか」

「お腹、すきましたね」

そんな会話から始まって、気がついたら駅の近くの居酒屋に入っていた。

母子家庭で育った優美には、父親のような存在でもあり、年の離れた恋人のような存在でもあった。

身体の関係ができたのは、藤木の出張に合わせて優美が休暇をとったときだった。行きたかった姫路城を二人で観光したのが、たった一度きりの旅行の思い出だ。

彼の家族に知られてはいけない。彼の家族を悲しませてはいけない。優美は、慎重に行動したつもりだった。互いの携帯電話には番号を名前で登録しないようにし、連絡し合ってもすぐに履歴を消去するようにした。あの日、かかってきた電話が彼の妻からだったとしたら、藤木が履歴を消し忘れたのだろう。今日中に消そうと思っているうちに、胸が苦しくなって倒れてしまったのかもしれない。

優美は、定期的に処方箋をまわしてくる内科クリニックに、藤木武彦の安否を問い合わせた。そして、彼があの日、本当に心筋梗塞を起こして亡くなっていたのを知ったのだった。その時点では、すでに葬儀は終わっていた。

彼と二人で撮ったプリクラ写真を前に手を合わせ、彼が書いた短い手紙を読みながら涙を流すことしかできなかった。

ひとしきり泣いて、優美は決心を固めた。もう彼のことは忘れよう。すべて捨て去ることが、頭の中から彼にまつわるすべてを追い出すことが、彼の供養になる、彼の家族への贖罪《しょくざい》になると考えた。

彼と撮ったプリクラ写真と手紙を破り捨てて、彼との過去のつながりを絶つために携帯電話の番号も変更した。調剤薬局も辞めた。

――わたしは生まれ変わるのだ。

カレンダーを見つめながら、優美は大きくうなずいた。

2

――歴史は繰り返す。因果は巡る。

久本弥生は、テーブルに載せた骨壺を見ながら、誰かが言ったそれらのことわざを頭の中で反芻《はんすう》していた。

息子と二人だけの四十九日法要を済ませたあとだった。自宅に上寿司の出前をとって、二人で食べただけのことだが。大学生の息子は、食後に少し思い出話をしただけで、新幹線で大学のある金沢へ帰って行った。

――あの子には話せなかった。

大きなため息をついて、骨壺をテーブルからクローゼットの目の届かない場所へと移動させる。息子ではなく娘だったら話せたのだろうか。ふとそう考えたが、わからなかった。しかし、やはり、自分一人の胸にはしまっておけないのは確かだった。

――誰かに相談したい。

とはいえ、相談相手はそう簡単には見つからない。長年勤務している職場で管理職に就いて久しい弥生は、相談するよりもされる立場になっている。同じ経験をして同じ苦悩を味わった母親は、昨年七十八歳で亡くなった。母が住んでいた実家のマンションに、現在は兄の家族が住んでいる。その伸一とは、結婚するときに「相手は離婚したばかりの男か。まるで略奪婚だな」と揶揄《やゆ》されて以来、疎遠になっている。

「五十八歳、か」

一人の空間でつぶやいてみた。奇しくも弥生の父親が亡くなった年と同じだ。そのことが何かの報いのように感じられる。

弥生の夫は、出張先の札幌で急死した。死因も弥生の父と同じ心筋梗塞だった。ビジネスホテルの部屋で亡くなっていたのである。

突然の死に弥生は大きなショックを受け、深い悲しみに沈んだ。

だが、その悲しみに浸る時間はそう長くは続かなかった。夫の所持品から複数の女性との交際を匂わせるものが出てきたからだ。スマートホンには何人かの女性の電話番号が登録されており、親密な関係を示すＬＩＮＥのメッセージも残っていた。

夫とは仕事の面でも家庭においても対等な関係を築いてきた、という自負が弥生にはあった。「君と人生をともにしたい」と、前の妻と離婚までして一緒になった人である。理想の夫婦だと思い込んでいた。夫を信じきっていた。

――一人息子が順調に成長して、第一志望の国立大に入ったのだからいいじゃないの。

――夫に頼らずとも、自分にも仕事があって経済的に困らないのだから。

そう自分の胸に言い聞かせてみても、激昂した気分はおさまらない。

二十一年前、信じていた夫に裏切られていたとわかったときの敏江の悔しさや情けなさが、いまはじめて弥生には理解できた気がした。

敏江は弥生に、武彦の携帯電話に残っていた番号に電話をして、武彦とつき合っていた女性を突き止めてほしいと頼んだ。当時、家族で携帯電話を持っていたのは武彦だけだった。仕事で使う必要があったのかもしれないが、女性との連絡用に便利だったのだろう。

自身ものちに夫となる久本と不倫関係にあった弥生は、母の要求に応じるのをためらった。けれども、それからしばらくして、久本の離婚が成立し、懸案事項がなくなった。それで、母からもらった番号に何度も電話をしてみたが、「この番号は使われておりません」という応答が繰り返されるだけだった。

――携帯電話の番号を変えたのだ。

弥生はそう推測して、「調査」を打ち切った。

その後、敏江がどうやって自分の高まった気持ちを鎮めたのかはわからない。誰かに相談したのかどうか。弥生は、そのころには自分の将来のことで頭がいっぱいで、母親を気遣う余裕などはなかった。

――このままでは気が変になりそう。わたし一人の手には負えない。たまらなく誰かに相談したい。

弥生は、居間の隅にあった新聞を広げた。

＊

優美は、自分のもとに送られてきた手紙を手に取った。全国紙の家庭欄の「悩みごと相談室」の回答者に選ばれて一年。老若男女、さまざまな年代のさまざまな職業の人たちの相談に乗ってきた。

新聞社から「回答者になってください」と依頼があったとき、優美は「考えさせてください」と返事をした。わたしでいいのだろうか、という迷いがあった。過去に妻子ある男性と深い関係に陥った自分に、偉そうに他人に意見するような資格があるのだろうか、と思ったからだった。

もちろん、妻子ある男性と関係があったことは公にはしていない。

彼との関係は、彼の突然の死によって終わった。

「回答者には精神科医や大学教授や作家などもいますが、文才もある、離婚を経験したあなたのような人の心の痛みがわかる女性が必要なんです。あなたが歩んできた人生がすべてあなたの糧《かて》になっていると思います。ぜひお願いします」

と、優美は、彼女を回答者に推薦したという女性記者に強く勧められた。

藤木武彦との思い出をすべて捨て去り、職場も辞めた優美は、時間の融通がきくドラッグストアのバイトをかけもちしながら、以前から興味を持っていた心理学を学ぶために大学院に入った。修士論文を書き、心理カウンセラーの資格を取得したのちに、イギリス人の医師と出会って結婚し、彼の郷里のロンドンに移り住んだが、文化の違いや考え方の違いが生じて離婚に至った。三年間という短い結婚生活で、そのあいだに生まれた双子は二人とも夫に引き取られた。子供たちを手放した苦悩を書いた小説が文学賞を受賞し、出版されて反響を呼んだ。

いまの優美は、薬剤師であり、心理カウンセラーであり、作家でもある。

相談者の手紙は、新聞社の担当者から住所や氏名を伏せた状態で送られてくる。相談内容を紙面に載せるときは、個人が特定されないように固有名詞を省いたり、ぼかしたりするなどの配慮がなされる。住所が都内にある場合は近隣の県にしたり、相談者のイニシャルを変えたりする。

今回の相談内容に目を通して、優美は、強く関心を惹かれた。投稿した女性は優美と同じ五十代の女性で、夫が出張先で急死したあとに夫の女性関係がわかったという。しかも複数の女性と関係していたらしい。

――信じていた夫に裏切られていたと思うと、悔しくて情けなくてたまりません。どうしたら気持ちが楽になるか教えてください。

優美はその文章を読んで、二十一年前の自分のケースと重ね合わせた。あのときの藤木武彦の妻は、きっと同じ思いを味わったことだろう。彼女には娘もいたはずだが、あの娘はいまどこでどうしているだろう。

――これは、あのときのわたし自身に向けての戒めの言葉でもあるのよ。

優美は、パソコン画面に向かうと、相談者への回答を書くために姿勢を正した。

エピローグ

時間が解決する問題です、とは一概に言いきれません。妻であるあなたの心に深くかかわる問題ですね。

悔しさや情けなさをぶつけたくても、恨みつらみを言いたくても、亡き夫は戻ってはきません。心の中で感情がふくらんだり、しぼんだりを繰り返すだけでしょう。

あなたは、自分の知らない夫の顔に出会って衝撃を受けていますが、その逆はなかったかどうか考えてみませんか？

人間はいろんな顔を持って生活しています。夫に見せない顔、妻にも見せない顔もあるかもしれません。それを秘密と呼ぶ人もいますが、あなたに秘密はなかったかどうか、夫にすべてを話してきたかどうか、言えなかったことがあったかどうか。

夫婦といえども、すべての顔を見せ合って生活してきたわけではないのがわかるでしょう。

そして、妻のあなたにしかできないことをしてみたらどうでしょう。あなたと夫のあいだには誰にも邪魔されない歴史が確かに存在したのです。多くの時間をともに過ごし、多くの思い出を共有するのが夫婦です。その共有の思い出をまずは一つずつノートに書き出してみませんか？

　そうやって夫との長年の暮らしを振り返れば、自分が得たものやかけがえのない時間がたくさんあったことに気づかされ、癒されるのではないかと思います。

女の一生

――「迷」

1

三本電車を見送った。早く着きすぎてしまった。空いていたベンチに座る。朝の通勤通学時間帯。ピークを過ぎたころだろうか。ベンチにはわたしのほかには誰も座らない。座って休む暇などないのだろう。誰もわたしのことなど気にしないから、気がらくではある。

ホームの時計を見て、腕時計も見る。

次の電車だ。大きく息を吸って、長々と吐き出す。

もうこの世にはいない父母の言葉が脳裏に浮かんでくる。

――人さまに迷惑をかけるような生き方をするな。

――人の迷惑にならないようにね。

小さいころから両親にそう口すっぱく言われて育てられたせいか、わたしは何をするにも、自分の存在が誰かの邪魔になっていやしないか、自分の行動が誰かのそれを妨げてはいないか、つねに人の目を気にする小心者になってしまったようだ。その一方で、両親のそうした考え方に反発して、心の底では違う生き方を追い求めていたのだろう。

ふたたび時間を確認して、わたしは席を立った。

2

人生、どこでどう間違ったのか。いま振り返って考える。たぶん、何が正解で何が間違いかなど、誰にもわからないのだろう。人生に答えはない、という名言があったような気がする。

けれども、何かを決めるときに迷うことはある。いや、人生、迷うことだらけ、と言ってもいいかもしれない。

たとえば、学校で受けるテスト。設問を前にわたしは首をひねる。答えが二つのうちどちらかまでは絞られる。が、どちらなのか。AなのかBなのか。Aを選ぶと、Aを選ばなかった自分が気になり、Bを選ぶと、Bを選ばなかった自分が気になる。選ばなかったほうが正解なような気がするのだ。

たとえば、歩いていて、道の先が二股に分かれているとする。右へ行くか。左へ行くか。二つの選択肢があり、わたしは迷う。どちらかを選ばなくてはならない。判断する時間はそう長くは与えられていない。右を選ぶ。と、左を選んだ自分が気になる。左を選んだほうがよかったのではないか、より多くの幸せが待っていたのではないか、と思ってしまう。

だが、左を選べば、今度は右を選んだ自分が気になって仕方ない。左を選んだ途端、右のほうがより輝いて見えたりするからだ。

同時に両方選ぶことはできないのだから、どちらを選んでも満足できずに後悔するのは同じかもしれない。

だから、わたしはこう考えることにしたのだった。

――選ばなかったほうを選んだもう一人の自分が、もう一つの世界で幸せに生きている。そうやって、どんな困難にぶつかろうとも、どんな苦境に陥ろうとも、もう一つの世界に生きるもう一人の幸せな自分を想像することで、人生を切り抜けてきたのだった。

そう……現実に生きるわたしは、あまり幸せとは言えない。いや、はっきり言って、不幸だった、と言い切ってしまってもいいだろう。

少なくとも、結婚するまでは、平凡な人生だと思っていた。平凡な家庭に生まれ、平凡な容姿と平凡な頭を持って生まれてきたのだから、平凡な人生であたりまえだし、そのことに別に不平も不満も感じないでやってきた。

短大を卒業して、就職窓口で斡旋《あっせん》された会社に入り、四年目に友達に紹介された男性と交際した。体格がよくて笑うと目が細くなる彼の外見からは、「やさしくて力持ち」という印象を受けたし、小さなことを気にしないおおらかな性格に思えた。

結婚して夫となった彼は、おおらかというより大雑把な性格だということがわかった。

家の中の整理整頓は妻任せで、食べるものや着るものにも頓着《とんちやく》しない。家事に細かく口出しをされないだけいいのかもしれない、と思いはしたけれど、脱ぎっぱなしの靴下を見るのは嫌なので、「汚れものは洗濯機に入れて」と頼んだ。そのときは「わかった」と言ってやってくれても、時間がたつともとに戻ってしまう。

子供ができるまでは共働きだったが、出産後、わたしは会社を辞めた。当時、わたしが勤めていた会社は、出産した女性が安心して働けるような環境の整った職場ではなかったのだ。

家事をほとんど手伝わない夫のもとでの育児はそれなりに大変だったけれど、「イクメン」などという言葉も生まれていない時代である。専業主婦だから仕方ないか、という諦めの気持ちもあった。昼間育児に追われて疲れ果て、夜遅くに夫が帰って来たときに満足いくような夕食が用意できていなくとも、夫はふてくされたり、怒ったりするようなことはなかったからありがたかった。

——おおらかではないけれど、細かなことをいちいち気にしないでくれる。

そんなふうに夫の性格を分析していた。が、最初の違和感に襲われたのは、静岡の夫の実家へ子連れで帰省する新幹線の中だった。

生後半年の息子が車内でぐずった。おむつが濡《ぬ》れているのかもしれない、と取り替えたが泣きやまない。お腹がすいているのかもしれない、とミルクを与えても泣きやまない。

抱いてあやしたが、さらに泣き声は大きくなる。

後ろの席のサラリーマンらしき男性の舌打ちが聞こえたときだった。

「泣きやませろよ。まわりに迷惑じゃないか」

と、夫が低い声だが強い語調で言った。

「そんなこと言われても、わたしだって理由がわからないし」

立ってあやしながら、音の出るおもちゃで気をそらせてみても、一時的に泣きやむものの、ふたたび激しく泣き始める。

「一体、どうしたんだよ。何で泣きやませられないんだよ」

妻を責めるだけで自分は抱きあやそうともしない夫に腹が立って、「じゃあ、あなた、泣きやませてよ」と子供を渡そうとしたら、夫は〈子供をあやすのは自分の仕事じゃない〉と言わんばかりに身体を引いた。

「まったく、ぎゃあぎゃあうるさいなあ」

どこかで乗客の苛立《いらだ》ったような声が上がり、それにまた舌打ちが続いた。

そのとき、夫の太い腕が真っ赤になった子供の顔に伸びて、大きなてのひらが柔らかく小さな唇を塞いだ。

むぎゅっという異質な音が小さな唇から漏れ出て、泣き声がとまった。

「何するの！」

仰天したわたしは、夫の手を払いのけた。

「泣きやまないからだよ」

言い返す夫の顔も子供の顔と同じくらい真っ赤に火照《ほて》っている。

わが子を守りたい一心で、火がついたように泣く子供を抱きかかえると、デッキに逃げ出た。あのままではこの子は窒息死したかもしれない。そう思うと恐怖で胸が締めつけられ、涙がこぼれ落ちた。

「ごめん。悪かったよ」

夫はあとであやまりはしたが、そのときわたしは彼の本性を見た気がした。

——まわりに迷惑じゃないか。

そのひとことが鼓膜にこびりついて離れない。そうか、営業職の夫は外面がよく、体裁を取り繕う面があるとは思っていたが、家の中では気にならないことでも、外では人の目を異様に意識してしまい、体面を重んじる性格なのだ。

自分のことなら許せる。だが、ひ弱な赤ん坊なのである。守ってやれるのは親しかいない。

——すみません。うるさくしてしまって。でも、赤ん坊が泣くのはあたりまえじゃないですか。しばらく我慢していただけませんか？

わたしたちが子育てをしていたころは、小さな子を持つ親に対して社会が寛容で温かな目を持っているとは言いがたい時代だったかもしれない。それでも、わたしは夫にそう言ってほしかった。わが子をかばってほしかった。

子供が一歳になり、ベビーカーを押して家族で外出したときも、夫との価値観の違いを痛感させられた。電車の中では「ベビーカーは畳んでお乗りください」と、当然のようにアナウンスされていた時代である。電車に乗るときはわたしが子供を抱いて、夫がベビーカーを畳んで運び入れた。

次の駅で、ベビーカーに子供を乗せたまま乗って来た茶髪の若いママさんがいた。まわりの乗客の注目を浴びていたが、そのママさんは平気な顔で、ベビーカーの中の赤ちゃんに笑いかけていた。

「ああいうの、非常識だよな」

と、夫がわたしの耳元でささやいた。「ベビーカーは畳まなくちゃな」

「あら、彼女は一人だもの。子供を抱いて、肩にベビーバッグをかけて、ベビーカーも畳んで持ったら重くて大変じゃないの。欧米ではベビーカーのまま乗るのは普通の光景みたいよ」

「だけど、場所をとってまわりが迷惑じゃないか。ここは日本だし、そういうルールだし」

「だから、おかしなルールは変えたほうがいいのよ。わたしたちが声を上げて、子育てしやすい社会に変えていく努力をしないと」

わたしは、自分の考えを一生懸命訴えたけれど、「そうかな。だったら、こんな混む時間に子連れで乗らなければいい。抱っこ紐にしてもいいわけだし」と、夫はピントのはずれた言葉を返してきた。

混雑する時間帯に小さな子供と一緒に電車に乗らなければならないときもある。足腰を痛めていて子供を抱っこできないときもある。そういうケースに思いが及ばない夫は想像力の乏《とぼ》しい人間なのだ、と気づいた瞬間だった。

人さまに迷惑をかけないように、が口癖だった父親とは正反対の男を夫に選んだつもりだったのに、正反対なのは体格だけで、根っこの部分は同じだったとは皮肉な話だ。

それでも、生活をともにするのが苦痛というほどではなかったし、主婦のわたしがかぜをひいて家事ができないときには、台所に立つまではしなくとも、お弁当を買って来る気遣いは示してくれたので、多少の不満には目をつぶることにしたのだった。

3

あれは、子供が二歳の誕生日を迎える直前のできごとだった。

休日で、夫も家にいた。休日出勤が続いていた夫にとっては久々の休みで、疲れてソファで横になっている夫を見たら、「この子を公園に連れて行って」とはとても言い出せない雰囲気になり、子供を自転車の前のシートに座らせて、スーパーに買い物に出かけた。

住宅街を通り抜けようとしたときだった。一軒の家の開いた門扉からいきなり白いふわふわしたものが飛び出してきた。と同時に、家のほうから女性の高い声が聞こえてきた。

――小犬だ！

そう気づいて避けようとした瞬間、ハンドルを握っていた手が滑り、バランスを崩した。自転車は横倒しになった。

その瞬間、わたしは子供の名前を叫んだと思う。そのあと病院で意識が戻るまでの記憶が失われているから、脳しんとうを起こしたのだろう。

わが子は転んだ拍子にコンクリートの道路に頭を強く打ちつけ、意識不明の状態が何日も続いた。五日目に意識が戻り、よかった、とホッとしたのもつかのま、容態が急変して帰らぬ人となった。死因は脳挫傷《のうざしょう》だった。

――母親のわたしの不注意で事故に遭わせ、命を落としてしまった。

悲嘆に暮れたわたしは、自分を責めた。

夫の嘆きようも激しかった。自身も深い悲しみと自責の念の中にいながら、〈この人はこんなにも子供好きだったのか〉と、どこか冷めた目で見ている自分が不思議だった。当然のように、夫の悲しみは怒りへと形を変え、その矛先《ほこさき》は妻であるわたしに向けられた。

全面的にわたしが悪い。非難の言葉にうなだれながらも、〈本当にそうだろうか〉という思いが頭をもたげた。「本当にあなたが全部悪いの？」というもう一人の自分の声が聞こえてきたのだった。

「あの日、あなたは休みで家にいたじゃない。あなたがあの子を見ていてくれたら」

葬儀を終えたある日、思わずひとこと夫に言い返したら、

「何だよ、俺のせいだって言うのか！　おまえってやつは」

と怒鳴られ、殴られた。

その夜、夫は家を飛び出して、朝まで帰って来なかった。

一人になると、もう一人の自分の声がより鮮明に聞こえるようになった。

――あのとき、あの家から小犬が飛び出してこなかったら、あの子は命を落とすようなことはなかった。

小犬を屋内で飼っている家人の監督責任は問われないのだろうか。あの日、門扉は開いていた……。

翌日、問題の家の前まで行ってみた。小犬が飛び出すのと同時に、家のほうから女性の高い声が上がったように記憶している。あれは、飼い犬の名前を呼ぶ声ではなかったか。

「高梨」と彫られた表札がある。

呼び鈴を押すと、まさにその白い犬を抱いた三十代くらいの女性が顔を出した。

「お宅の家の前で事故を起こした者ですが、お宅のその犬……」

言いかけると、女性は険しい顔つきになり、飼い犬を家の中に戻して自分だけ表に出て来た。玄関ドアの向こうで甲高い犬の鳴き声がしている。

「あのとき、急に飛び出してきましたよね。それで、わたしは驚いて、犬を避けようとして自転車ごと倒れてしまったんです。それで、わたしの息子は……」

「言いがかりをつけないでください」

と、女性は叩きつけるように言った。「うちのロンが何をしたって言うんですか？　誰か目撃者がいるんですか？　何か証拠があるんですか？」

即座に「目撃者」や「証拠」という言葉が出てきたことで、ああ、この女性はやましい気持ちを抱えてはいるのだろう、と思った。

「ロンちゃんというんですか。ロンちゃん、あのとき飛び出してきましたよね」

ただ認めてほしかった。そして、謝罪してほしかった。

「そんな事実はありません。言いがかりはやめてください」

ところが、彼女は認めずに、玄関に引っ込むとぴしゃりとドアを閉めてしまった。

警察に話したらどうなるだろう。裁判を起こしたらどうなるだろう。治療費とか損害賠償金、慰謝料などを請求する案件へとつながるのだろうか。

自分が何を望んでいるのかわからなかった。

夫に相談する考えは少しも浮かばない。大きな喪失感から逃れるためか、夫は仕事に没頭していて、家に帰っても機械的に食事し、寝るだけの日々を続けていたし、夫婦の会話など皆無の状態だったからだ。

そんなとき、実家の父が倒れたと連絡があった。

4

秩父の実家には、両親と兄の家族が住んでいた。わたしより結婚の早かった兄には子供が三人もいて、兄夫婦は共働きをしていた。まだ定年前の父も会社勤めをしていたが、脳梗塞で倒れたため、パート勤めの母が病院通いをすることになり、人手が必要になったのだ。

わたしは、母と交替で病院に通った。三か月後に父は退院し、自宅介護が必要な身になった。そこへ夫から離婚届が送られてきたので、署名捺印をして送り返した。自宅にしていた賃貸アパートの荷物の片づけや各種書類の手続きなどのために一度夫に会っただけで、その後は直接顔を合わせてはいない。

自宅での介護は想像していたよりも大変だった。定期的にリハビリに通うのに運転免許を持っているわたしが車を出さなくてはならない。母はもともと身体が弱く、小柄な体型で体力もなかったので、左半身に麻痺の残る父の身体を支えてトイレに連れて行ったり、入浴させたりするのもわたしの役目になった。

台所仕事はおもに母がしていた。ある日、味噌汁の鍋を火にかけていた母が父に呼ばれた。あいにくわたしは表にいて、落ち葉を掃き集めていた。あわてた母は、身につけていた衣類の一部をうっかり鍋に引っかけてしまい、鍋がひっくり返って、煮立った汁で右手に火傷《やけど》を負った。

母はしばらく右手が使えない状態になり、さらには、小学四年生になる兄の長男が野球をやっていて、足を骨折して入院してしまった。会社勤めの兄夫婦にかわって、見舞い、病院への届けもの、父の介護、食事のしたくや洗濯などの家事、とわたしの仕事は一気に増えた。が、忙しくしていたほうが気が紛れる。その時間は、亡くなった息子のことを忘れていられる気がするからだ。

しかし、ある日、兄嫁と兄との会話を立ち聞きしてしまった。

「ねえ、和子《かずこ》さんが来てから、何だか悪いことが続いている気がしない？」

「どういう意味だよ」

「だって、お義母さんは火傷をするし、あの子は足を骨折するし。もとはといえば、不幸の始まりは和子さんが起こした事故でしょう？　自転車事故で子供を亡くして、離婚して、お義父さんが脳梗塞で倒れて。まるで不幸の連鎖じゃない。不幸って伝染するんですって。

何かに書いてあったわ」

「そんな話よせよ。信じるなよ」

「迷惑千万な話よね。わたしだって信じたくないわ」

兄嫁が発した「迷惑千万」という言葉が、またわたしの耳朶《じだ》に残った。わたしは、そんなに迷惑な存在なのだろうか。家族の役に立っていると思って、精いっぱいがんばってきたのに。

しかし、実家を出ても、行くあてはない。

——あのとき、もう一本違う路地を自転車で走っていたら……。

わたしは、違う路地を選んだもう一人の自分——現実の自分とは別の幸せな道を歩んでいる自分を想像することで、苦しくてつらい現実から逃れようとした。そうやって、実家で兄の家族と同居しながら、これが自分の務めだと胸に言い聞かせて耐え忍んだ。

三年後、父はふたたび脳梗塞を起こして亡くなった。実家の土地家屋の遺産相続を放棄するかわりに、父の預貯金の二百万円をもらって、実家の近くにアパートを借りた。兄嫁の冷たい視線を浴びながら生活するのは限界だった。何とか自分の糊口《ここう》は凌《しの》げるだけの仕事も探した。それでも、甥や姪の学校行事には兄嫁のかわりに叔母として出席したり、実家の頼まれごとは二つ返事で引き受けたりするなど、できるかぎりの貢献はしたつもりだ。

それから十二年後に母が関節リウマチを発症し、介護が必要な身体になったときには、時間の許すかぎり介護のために通った。

母が亡くなると、全身の力が抜けた。それまでも、苦しいとき、つらいときは、「もう一つの道を選んだもう一人の幸せな自分」を想像することで切り抜けてきたが、想像の世界から現実に引き戻されたときの落差に頭がくらくらし、いっそう気分が落ち込むことが多くなっていたのだった。

新聞記事や雑誌記事の中で自分より不幸な人を探しては安心感を得ようとしている自分に気づいて、結局、人間は、人との比較の中でしか自分の幸せを実感できない生きものなのだとわかった。

――もう虚《むな》しいだけの想像の遊びはやめよう。

現実に目を向けるのだ。失うものは何もない。したがって、恐れるものなどもない。一人になろう。孤独になろう。わたしは、もうこの地を離れようと決心した。向かう土地は決まっている。

5

栃木のその物件に空きが出るまで一年待った。１ＤＫのアパートに移り住み、近くの食品工場で仕事を見つけた。シフト制で、夜間の勤務も昼間の勤務もある。

この地での楽しみは、夜通しの勤務を終えて、早朝アパートに帰る途中、河川敷をゆっくり散歩することだった。缶ビールを二缶買って家へ向かう。河川敷に青いビニールシートで覆われた小屋がいくつか建っていて、その一つに自分と同世代くらいの男性が住んでいる。いつだったか、その彼が外に出て子供用の古ぼけた椅子に座っていたので、「こんにちは」と声をかけてみた。

男性は驚いたような表情を向け、誰だったかな、と思い出すしぐさで首をかしげた。その目の輝きを見て、〈この人は、昔は普通の暮らしをしていた人だったのだ〉と直感した。それで、「これ、飲みませんか?」と缶ビールの一つを差し出したのだ。男性は、警戒するふうでもなく受け取り、「これはどうも、ありがとうございます」と礼を言った。

それがきっかけで、勤務帰りに会話をするようになった。いつも手みやげは缶ビールだ。男性は、やはりわたしと同世代で、かつては製薬会社に勤めていたという。妻子もいた。浮気がもとで妻に離婚を求められ、離婚に応じると同時に家も渡した。家を失った男性は、アパートを借りて、住宅ローンの返済をしながら仕事を続けたが、身体を壊してしまい、退職せざるをえなくなった。住宅ローンの返済が滞ったことで妻から責められたが、どうしようもない。家は売却してもらい、妻には子連れで実家に帰ってもらった。

身体を壊した男性は、転職したばかりの会社も辞めることになり、アパートにも住めなくなって、家賃を滞納したままそこを出た。しばらくは友人の家やカプセルホテルを転々としたが、それも続かなくなって、ここに流れ着いたという話だった。日雇いの仕事をしてはいるが、肺に病を抱えているため、実入りのいい肉体労働はなかなかできないという。

「病気なら、行政の支援を受けたほうがいいのでは？」

男性の身を案じてそう勧めたけれど、「行政からきょうだいに連絡がいったら困るから」とかぶりを振る。「兄は、人が聞けば驚くような大企業に勤めていてね。かなりのポストに就いている。姉の夫も官僚だし、妹の夫は警察官。親族の一人にこんな薄汚いホームレスがいるとわかったら、迷惑がかかる。自分はここでひっそり暮らしていたほうがいいんだよ」と言う。

そういう事情があるのなら仕方ない。わたしは、それ以上強くは勧めなかった。

「わたしも一人なの。わが子を失って、夫に愛想を尽かされて、実家とも縁を切ったの。ずっと友達でいましょう。飲み友達で」

だから、簡単に身の上話をすると、そんなふうに約束して、勤務帰りに缶ビールを手みやげに渡すだけの浅いつき合いを続けていたのだった。

ある日、小屋をのぞくと、彼の姿はなかった。どこに行ったのだろう。久しぶりに仕事が入ったのか。

次のときにのぞくと、小屋の中で、彼は海老のように身体を丸めて横になっていた。咳き込んでいて、顔色が悪い。

「大丈夫？」

声をかけると、「ああ、大丈夫」とのっそりと起き上がる。

「このあいだはどうしたの？　仕事？」

「あ、いや、ちょっと外に出たらめまいがして、そこの公園で寝ていたんだ」

「じゃあ、今日は缶ビールより栄養ドリンクね」

缶ビールを差し出しながら言うと、

「やっぱり、缶ビールがいいね」

と、彼は受けて笑った。

「うちに来ない？」

「えっ？」

「安心して。おかしな意味じゃないわ。狭いアパートだけど、ここよりは雨露が凌げると思うから。ハイツ市川っていうアパートよ。名前にあるとおり、市川さんが大家なの」

「だけど……」

「あんまり具合よくないんでしょう？　ちゃんとした部屋で、柔らかいお布団の上で休んだほうがいいと思うよ。お風呂にも入って」

「それはありがたいけど」

急な誘いの言葉に、彼は戸惑っているようだ。

「いつでも使ってよ。冷蔵庫にはビールも食べものもあるし、テレビも自由に観ていいわ」

わたしは旅に出るから、と心の中で続けて、アパートの鍵を彼に渡した。

機は熟した。

6

そして、いま、わたしはこうして駅のホームに立ち、電車を待っている。

いままでの人生を振り返って、わたしの人生って何だったのだろう、と考える。結婚もしたし、子供も産んだ。けれども、何もかも失った。いまは、帰る家も失った。名前も知らないホームレスの男にアパートの鍵を渡してしまった。

「まもなく電車が入ってきます」

アナウンスが流れた。

胸の高鳴りが激しくなり、脈拍が速くなるのがわかる。

ふっと、視野の左隅に黒い影が映り込んだ。顔をそちらに振り向ける。

スーツ姿のサラリーマンがすぐ隣に立っている。同世代だろうか。こわばった横顔を見て、すぐに自分と同類だとわかった。

電車がホームに滑り込んでくる。

男の身体が動いた。

わたしは息を呑んだあと、小さく叫んだ。

7

あの、すみません。この先の駅で人身事故があって、電車が大幅に遅れそうなんです。

ええ、そうです、遅延です、遅れます。

ついいましがたなんで、まだいつ運転再開するのかわからなくて。すみません、こんな大事な日に。

ほんと、いい迷惑ですよね。まったく、こっちの都合も考えてくれ、ですよ。月曜日のこんな大事なときに。

ええ、契約書は手元にあります。バイク便で届けたいんですが、いまは何とも身動きできない状態で。

ええ、そうなんです、駅と駅のあいだでとまったんで、電車から出られないんですよ。缶詰状態です。

本当に、いま、さっき、ついさっきです。誰が飛び込んだのか……。

大勢の人に大迷惑をかけて、一体、何を考えているんだか。朝のこんな時間帯を選んで飛び込まなくてもよさそうなものなのに。

まわりもみんな、ケータイかけてます。みんなそう言ってます。迷惑な話だ、ってね。

8

「お母さん、どうしたの？　こんなに朝早くに」

高梨明美《たかなしあけみ》が電話に出ると、栃木の実家の母からだった。明美の頭の片隅には、つねに離れて暮らしている高齢の両親のことがある。早朝にかかってくる電話には敏感にならざるをえない。

「それがね、大変なの」

八十歳になる母は、興奮した口調で言った。「週末あたりから、『変な臭《にお》いがする』とは言われていたんだけど、けさ、うちの202号室をのぞいたら、鍵がかかってなくて、中で男の人が死んでいて、お布団に変な形の染みがあって、ウジ虫がいっぱいで……」

「死んでいたって、どうしてなの？」

言葉が切られたあと、母の泣き声が続いたので、明美は苛立って問うた。

明美の実家は代々地主で、両親が所有する敷地にアパートを建てて経営している。ゆくゆくは、結婚して実家を離れている一人娘の明美が相続することになっているので、アパートの管理には関心を持っている。

「それが、どうにもわからなくて」

「わからないって、部屋の住人なんでしょう？　誰なの？」

「だから、わからないのよ。そこに住んでいるのは、田中《たなか》和子っていう女性のはずなんだけど」

「田中和子さんの知り合いなんじゃないの？」

「さあ、どうなのか……」

歯切れの悪い返答に、明美は苛立ちを募らせる。

「とにかく、警察が来たり、人も集まって来たりで大変な騒ぎなの。きっと、新聞にも載るわ」

「誰かに殺されたの？　自殺なの？」

そうだとしたら、大ごとである。殺人事件も自殺も、事故物件の対象になる。いや、病死だとしても同じだが。

「そういうのはこれから調べるみたいだけど、とにかく部屋が汚くて、ものすごい臭いで、これからこの部屋どうしたらいいか。もう借り手はつかないいんじゃないかしら。どうしよう。明美、助けてちょうだい」

「わかった。すぐに行くから」

電話を切って、大きなため息をつくと、「まったく、いい迷惑だわ」と、明美はつぶやいた。

9

田中和子は、呆然としながら駅の階段を下りた。

――あの男に先を越されてしまった。

男の身体が動いた瞬間までは憶えているが、そのあとの記憶はあいまいだ。予想外のできごとに身体が凍りついたようになり、記憶が飛んでしまったのかもしれない。

頭の中では何度もホームから飛び降りるシミュレーションを重ねてきた。腹はくくっていたつもりだった。

ところが、現実にその場面を目の当たりにしてしまうと、恐ろしさで身体がすくんでしまった。怖気づいたということか。

人に迷惑をかけないように、人の役に立つように、と心がけて歩んできたつもりの人生だった。それなのに、すべてを失った。

もう失うものはないから、と自らの命を投げ出す覚悟も決めていた。

——最後くらい、彼らに迷惑をかけてやろう。

そう考えて、何年もかけて練った計画だった。

わが子の事故死のきっかけを作った小犬の飼い主の高梨明美。

彼女の両親が栃木でアパートを経営していることは、近所のうわさを聞き込んでわかった。アパート「ハイツ市川」の一室が空くまで根気よく待った。その部屋で殺人事件でも起こしてやろうかと考えたが、そんな度胸はなかった。その部屋で自分が野垂れ死にするのも癪だった。それで、ホームレスの男と知り合い、彼に部屋を譲ることを計画したのだった。見たところ、肺に病を抱えている彼は、そう長くは生きられそうになかったからだ。

ホームレスの彼に鍵を渡して家を出たあと、和子は、元夫の身辺を探った。再婚した彼が住んでいる場所や通勤に使う路線や最寄り駅は、あらかじめ調べて知っていた。さらに調べたかったのは、元夫が毎朝何時何分発の電車に乗るか、だった。十日間、彼の行動パターンを調査し、駅までいまの妻が自家用車で送ることもわかった。

元夫が乗り降りする駅のいくつか先の駅を、和子は選んだ。そこで事故を起こせば、後続の電車がどのあたりで停止するかも計算した。

計画はすべてうまくいったはずだった。

しかし、和子とまったく同じことを考えていた男が、今日、その瞬間、同じ場所にいたのだった……。

駅前に出ると、バス乗り場にもタクシー乗り場にも長い行列ができている。一つの路線しか走っていない街である。ロータリーには連絡を受けて迎えにきたらしい車も連なっている。その車列の最後尾とバスのあいだをめがけて、一人の男が走って行く。青ざめた男の顔を見て、和子はぎょっとした。どこかで見た顔だ。ホームでわたしのすぐ左隣にいた男ではないか。

――彼は、電車に飛び込んだのではなかったの？

似ているだけで、別人だろうか。

背筋を悪寒が這い上る感覚に襲われていると、

「電車、ストップしてるの？」

「人身事故だって」

「女の人がホームから飛び降りたんでしょう？」

それらの会話が耳に入ってきた。

――女の人？

和子の顔から血の気が引いた。まさか……いや……やっぱり……あれは、わたしだったのか。男のほうが、わたしに先を越された形になった？　気勢をそがれた男は、すんでのところで自殺を思いとどまり、われに返ると怖くなって、こうして駅から逃げ出て来たのではないのか。

しかし、飛び降りたのがわたし自身だったとしたら、いまここにいるわたしは、一体何者なのだろう。

——ああ、そうか。

少し考えて、思い至った。わたしが選ばなかったもう一つの道を選んだ、もう一つの世界で生きている自分。それが、いまのこのわたしなのではないか。だとしたら、そのわたしは幸せなわたしのはずだ。可愛い子供がいて、理解のあるやさしい夫がいて、笑顔のあふれる温かい家庭を持って、幸せに生きてきて、いまも幸せに生きているわたし。そのことに、和子は気づいた。

もう迷う必要はない。

——どの道を選ぼうと、わたしは必ず幸せになるのだから。

和子は、口元に笑みを浮かべながら、足の向くままに歩を進めた。

不惑

——

「惑」

1

——2分の1成人式——

塚本英次《つかもとえいじ》は、数字だけ赤で書かれた白いチョークの文字を、教室の後ろでぼんやり眺めていた。

担任教師が「服部《はっとり》さん」と、前列の女子を呼んだ。この女性教師の名前と年齢を、英次は妻の由紀江《ゆきえ》から聞いて先日はじめて知った。息子の翔太《しょうた》が四年生になってからの担任だという。「はじめて聞いた」と言ったら、由紀江は「あら、名前も年も前に言ったわよ。あなたが聞き流していたんじゃない?」と返したが、英次は聞いた憶えも聞き流した憶えもなかった。

林部《はやしべ》という名前で、今年四十五歳になるという。子供は三人。過去にきっちり三回育児休暇をとった教師だが、教え方がていねいで、保護者のあいだでの評判はいいらしい。

「算数で何分の何っていう書き方は、二年生で教わったよね? じゃあ、2分の1たす2分の1の数式は書けるかな。計算はできるかしら」

その林部先生が、服部さんと呼んだ生徒に続けて聞いた。

「はーい」

服部さんは元気よく答えると、前に進み出て、白いチョークで力強く計算式と答えを書いた。

「はい、そうです。よくできました。みんなもできた？」

「できました」と、何人かが声を揃えて反応する。英次は、翔太の様子を確認しようと首を伸ばして前から二列目の席をのぞきこもうとしたが、後ろの席の背の高い女子に阻まれた。

――あの子、おとなしいのよね。積極性がないというか、人を押しのけられないというか、ちょっととろいというか……背も小さいし。

それが、母親である由紀江の目下の心配ごとらしい。

それを聞かされるたびに、「大丈夫だよ。まだ四年生だろう？　学力だって背だって、これからぐんぐん伸びるさ。俺だって中学に入ってから二十センチも伸びて、身体のあちこちの関節がぎしぎしいって痛かったくらいだ」などと冗談半分に慰めるのだが、「それはあなたの場合でしょう？　息子がそうなるとはかぎらないわ」と、由紀江は冷めた顔で悲観的に切り返すのだ。

――そうか、もう分数の計算を習っているのか。

英次は、心の中でつぶやいた。自分のときはどうだったのか、思い出そうとしたが、無理だった。富山の山中でのびのびと育った小学校時代は、塾にも行かず、友達と思いきり遊んだ記憶しかない。

「わたしのかわりに授業参観、出てくれない？」

由紀江に頼まれたとき、授業参観の科目が算数でも国語でもない「総合的な学習の時間」の一つの「2分の1成人式」だと聞いて、「それ、何だ？」と、頓狂な声で聞き返した英次だった。千葉に住む母親が体調を崩したので、由紀江はその看病で実家に行くことになったのだ。

それから、まずは「総合的な学習の時間、って何だ？」という話になり、「２０００年度から小中学校の教育課程に新たに取り入れられた制度で、道徳や特別活動などを盛り込んだ科目」というその簡単な説明を受けてから、次に2分の1成人式の意味を説明されて、その次には算数はどこの単元まで進んでいるか、の話題に発展したのだった。

「もう、あなたって、何にも知らないのね。自分の息子でしょう？　少しは学校のことに関心を持ってよね」

と、由紀江に呆れられ、諭される始末だった。

学校のことに関心がないわけではない。関心を示しても、具体的にかかわる時間がないのだ。とりわけ、この一年は英次の勤める設計事務所が大きな仕事を受注し、多忙を極めていた。今日も無理を言って休暇をとったのである。

「二分の一というのは、二十歳の半分という意味で、みんなの年齢である十歳を意味します。中には、早生まれでまだ九歳の人もいますよね。でも、学年が一緒ということで、今日はクラス全員十歳のつもりで進めましょうね」

林部先生がにこやかに授業を展開させる。昨日顧客に渡した設計図がふっと頭に浮かび、それを振り払うように英次は軽く首を振った。

「保護者のみなさん、2分の1成人式って、お子さんから聞く前にご存じでしたか？」

林部先生の視線が子供たちから後方の保護者たちへと移る。

「ご存じなかった方は手を挙げてください」

英次は、正直に手を挙げた。思いのほか手が挙がらず、挙げたのは英次だけだった。大体、男性の姿は英次を含めて二人で、その一人は明らかに祖父と思しき年齢層の男性である。

「上の子のときにやったから」「最近、どこでもやってるものね」「この行事、何かと批判もあるみたい。ほら、いろんな家庭があるから」「でも、区切りになっていいわよね」などと、保護者のあいだに話し声が生じる。

「お父さまには耳慣れない言葉かもしれませんね。お父さまのころには、こんな行事はなかったでしょうし」

そう言って林部先生は、英次にまっすぐに視線をよこした。さらには、まわりの視線まで集めて、英次は思わず顔を赤らめた。

「成人は何歳を指すか、みんな知ってるよね？」

林部先生は、またクラスの子たちに視線を戻し、教室を見回す。

「はーい」「二十歳でーす」と、教室中から大きな声が上がる。

「そう、二十歳になったら成人式をします。みんなもよくテレビで観るでしょう？　女の子はきれいな晴れ着を着ておしゃれをして、男の子もカッコよくなって、地域の会場に集まって式典をする光景を。あれは、二十歳になって大人としての自覚をみんなに持ってもらうために、人生の節目として催す行事なの。大人になるってことは、自分の行動や発言に責任を持つということです。そして、自立した人生を送れるように、自分の夢に向かって一歩ずつ土台を築いていこうと決意する日でもあります。その二十歳の半分の年齢に、あなたたちはいまいるのです。二十歳というと、もう大学に入って勉強している人もいる年齢ですよね。二十歳で夢を決めるのはちょっと遅いかもしれません。そんなわけで、それより十年早く、二分の一の年齢のあなたたちに将来の夢を語ってもらいましょう。将来、どんな職業に就きたいか、どんな仕事をしたいか、どんな大人になりたいか。一人ずつ発表してもらいます。最後には、書いた作文をいままで育ててくれたお父さんお母さん、保護者の方々に感謝の言葉とともに渡しましょうね」

担任の説明はよどみなく続き、途中で何度もまわりの大人たちがうなずくのを英次は感じた。

――一人ずつ将来の夢を発表することになっていて、帰りにはわが子が書いた作文を渡される。

「だから、わたしのかわりに絶対に出てよね」

と、由紀江に強く頼まれたのである。英次も息子の夢というのを聞いてみたかった。幼いころは「電車の運転士になりたい」とか「ウルトラマンになりたい」などと他愛のない夢を口にしていた翔太だったが、それも小学校に入った年くらいまでで、公文の教室に通い始めてからは、こちらから問いもしなければ、自分から語ることもしなくなった。

「では、西野《にしの》さんから一人ずつ、将来の夢を教えてください」

と、林部先生が最前列の右へと顔を振り向けた。最前の服部さんの席とは反対側だ。

「はい」

西野さんと呼ばれた男子児童が立ち上がり、「ぼくは大きくなったら、宇宙飛行士になりたいです」と声を張り上げるようにして言い、担任のうなずきを合図に座った。

座ると同時に、後ろの席の女子児童が立ち上がって、「わたしは、お菓子作りを習う学校へ行って、将来はパティシエになりたいです」と、やや具体的な夢を述べた。

次の男子児童の夢は「野球選手になること」で、その次は「警察官」で、それに続く女子児童の就きたい職業は「美容師」だった。

――いまは、男子も君呼びじゃなくて、さんづけで呼ばれる時代なのか。ついでに、いまは、並び方も男女混合なのか。

子供たちの将来の夢を聞きながら、英次は、そんなことに気づかされて新鮮な思いを抱いていた。

すると、「塚本さん」と呼ばれて、息子の翔太の番がやってきた。すっくと立ち上がったものの、背の小ささが際立つ。

何て言うのだろう、と英次は期待に胸を弾ませた。自分のような設計士か、医師か、警察官か、教師か。地域の少年野球チームのメンバーではないし、野球にあまり興味を示さないほうだから、野球選手でないのは明らかだ。いま通っているのは公文のほかにはスイミングスクールだが、それは健康のために習っているだけだから、間違っても水泳選手ではないだろう。予行演習のつもりで、何日か前に由紀江が「翔太は何て言うの？」と聞き出そうとしたのだが、「うーん」と首をかしげて答えなかった翔太だった。

――俺は、翔太のころは何になりたかったんだっけ？

過去を思い起こそうとしたとき、「ぼくは大きくなったら、コームインになりたいです」という翔太の声が聞こえて、英次はハッと胸をつかれた。その音が「公務員」に結びつくまでに間があった。

「公務員というのは、具体的に何？　先生みたいな学校の教師も公務員だけど」

と、林部先生が翔太にかぎって突っ込んだ質問をする。

「ええっと……コームインはコームインです」

翔太は、しどろもどろに答えて、「市役所に行ったら、そこで働いていた人たちとか」

と、やや的はずれな説明をつけ加えた。

「あ……じゃあ、塚本さんが就きたい職業は、市役所の職員ということですね」

林部先生は無難にまとめて、「じゃあ、次」と、翔太の後ろを指差した。

「堅実な子ね」「でも、夢がないというか」「あの子のお父さんも公務員なんじゃないの？」という内容の話し声が周囲で上がり、その「あの子のお父さん」の英次は身体を縮こまらせた。

2

「よりによって、公務員だなんて。もっとほかに、子供らしい夢があったでしょうに」

由紀江が言って、ため息をついた。

「いいじゃないか。本人がなりたいと言っているんだから。市役所の職員だったか」

「それは、わたしが市役所にあの子を連れて行ったときに、職員がのんびり働いているように見えたから、『大きくなったら、こういう仕事もいいかもね。公務員の仕事は安定しているのよ』って教えたからよ。それで、公務員って言葉を覚えたんだわ。あなただって、恥ずかしかったでしょう？」

由紀江は、不服そうな表情で言葉を重ねる。

「いや、別に、恥ずかしくは……」

母親たちの注目を浴びるのを恐れて、身を小さくしていたのは事実だったので、英次は言いかけた言葉を呑み込んだ。

「本当にあの子、なりたいものがないのかしら。ほかの子は、野球選手とか警察官とかパティシエとかだったんでしょう？」

「ああ、宇宙飛行士もいたけどね。ほかには、花屋とか看護師とか、医者もいたね」

「わたしたちがそういう話題をしないからいけないのかしら」

と、由紀江は、居間の外の廊下へと顔を向けて言った。３ＬＤＫのマンション。廊下に面して翔太の眠る子供部屋がある。

「このところ、あの子を交えてゆっくりそういう話をする時間なんてなかったものね」

由紀江は、険しい顔を英次に戻した。「翔太ももう十歳になるんだもの、本当は、男同士、父親が息子に自分の仕事をきちんと説明してもいい年齢だと思うわ。そしたら、あの子、あなたの仕事に興味や尊敬を示して、『ぼくも将来、建築家とか設計士になりたいです』って言ったかもしれない」

「あ……ああ、ここ数年、バタバタしすぎて悪かったとは思っているけど」

と、押されぎみの英次の声は小さくなった。

三年前、大学卒業後に就職した大手建設会社を退職し、大学の先輩が興した設計事務所に乞われて転職した英次である。「大丈夫なの？　いまさらそんなところに移るなんて。義理じゃないの？　いまの会社にいたほうが断然いいと思うけど」という由紀江の反対を押し切っての転職だった。

収入は増えたが、仕事量も増えて、その分、家事や育児に費やす時間は減った。休日出勤もある。そこが由紀江の不満につながっているらしい。それに、年俸制でボーナスがないのも納得がいかないようだ。

「先輩が興した会社で、あなたも重役ポストに就いたとはいえ、所詮、小さな会社でしょう？　下町の工場のようなもの。いつどうなるかわからないじゃない。多少給料が低くても大企業でボーナスがあって、福利厚生が手厚いほうがいいわ」

反対したときに、由紀江はそう言葉を費やしたものだ。

三歳年下の由紀江とは、建設会社時代に職場結婚した。部署が違ったので、妊娠出産後もできれば由紀江には仕事を続けてほしかったが、妊娠初期のつわりがひどかったため、由紀江は退職を決意した。出産後は、小さく生まれた翔太に手がかかったこともあり、

「子供を産んでみて、わたしは二つのことを同時にするほど器用じゃないとわかったの。この子が十歳になるころまでは専業主婦でいくつもりだから、お仕事のほうよろしくね」と、由紀江に宣言された。

その翔太が十歳になる前に、英次は大手企業を辞め、転職してしまったのである。由紀江の不満が募るのも仕方ないことだとは思う。仕事が忙しいことを理由に、ここずっと翔太の勉強も見てやれない状態が続いている。

「せめて、同じ公務員でも、子供が好きだから学校の先生になりたいとか、正義感に燃えて警察官をめざしているとか、役人として公園を整備する仕事をしたいとか、そんなふうに言ってくれたらよかったのに」

「収入が安定した仕事、首を切られるおそれがない仕事は、確かに魅力的かもしれない。だけど、君が『安定、安定』と言いすぎるから、翔太は実体がよくわからないままに『公務員』なんて言ったんじゃないかな」

由紀江が不満を蒸し返したので、さすがに翔太が不憫《ふびん》になって、そう反駁《はんばく》すると、「わたしのせいだって言うの？」と、由紀江は気色ばんだ。

「まあ、次の休みにでも、翔太にきちんと話そうと思ってるよ。何に興味を持っているのか。その前に、世の中にどんな職業があるのか」

転職の件で自分のわがままを通したことでは、妻に後ろめたさを抱えている英次は、まあ、まあ、ととりなすようにして遠慮がちに言葉を続けた。

「世の中にどんな職業があるのかは、社会科でとっくに教わってるわ。息子の教科書も開く暇もないくらい忙しいあなたにはわからないでしょうけどね」

「四年生になって社会科が始まったのか。それまでは、理科と社会が一緒になった生活科じゃなかったっけ?」

「生活科は一、二年生だけよ。去年から社会科に変わったわ」

「ああ、そうか。とにかく、たくさんある職業の中から食指を動かされるものが見つからなかっただけのことだろう。翔太はおくてなんだよ。そんなに焦る必要はないさ」

作文にも「お父さんは、いつもぼくたちのために会社に行って働いてくれてありがとう。お母さんは、いつもおいしいご飯を作ったり、家をきれいにしてくれたりして、ありがとう。二人ともいままで育ててくれてありがとう。ぼくも一生けんめい勉強や読書をがんばります」と、ごく普通の内容ではあるが、几帳面な字でしっかりと記しているのだ。多少、ほかの子より成長が遅くとも心配する必要はないだろうと思われた。

「子供にかかわらない人ほどのんびりと構えていられるのよね」

と、由紀江は皮肉っぽく言い返してから、「そろそろ、公文だけじゃなくて、学習塾にも行かせたほうがいいんじゃないかしら。英語の授業も始まるらしいし」と、眉根を寄せた。

「もう英語を？　早いんじゃないか？」

「早くなんかないわよ。翔太は来年から教わることになるけど、うちの学校では来年からは三、四年生の英語教育も始まるんだから。文科省がそう決めたの、あなた、知らないの？　新聞は読んでいるんでしょう？」

「読んでいても、そういうところは……」

目に入らなかったというのが本音だ。

「もう、すべてこっちに丸投げで困るわ」

由紀江は大きく頭を振ると、こう言葉を紡いだ。「翔太がどういう方面に才能があるかわからないんだから、何でも早めに始めたほうがいいのよ。ほら、弱冠十四歳、中学生でプロ棋士になった子もいるんだし。あの子だって、小さいころに祖父母に勧められて将棋に触れたのがきっかけでしょう？　それで才能が開花した。翔太だって、いまから始めたら、意外に英語好きになるかもしれないし」

「うん、まあ、そうだな」

と、あいまいに受けたものの、由紀江のある言葉が頭に引っかかった。「あのさ、弱冠っていう言葉は、本来は、そういう意味じゃないんだ。それこそ、二十歳の意味だよ。中国は周代の制度で、男性は二十歳で冠をつけて成人したというそこからきている言葉だよ」

「使い方がおかしいって言うの？」

由紀江は気分を害したらしく、突っかかってきた。

「いや、ただ、ちょうど今日の参観が『2分の1成人式』だったから、そこからの連想で説明しただけだよ」

「あなたって、細かいんだから」

由紀江の口元が歪んだ。「言葉って生きものなの。時代によって使い方が変わるのよ。年が若いことをそう表現したっていいでしょう？」

「ああ、まあ……」

「国立大出の知識をひけらかしたいわけ？　だったら、その知識を自分の息子に伝えてあげて。少しでも時間を作って勉強見てやってちょうだいな」

じゃあ、と吐き捨てるように言うと、風呂上がりでパジャマ姿の由紀江は寝室へ行った。

一人になって、英次は長々とため息をついた。寝酒でも飲まないとやってられない。ウイスキーの水割りを作ると、居間の照明を落として、静かに飲み始めた。

「不惑、か」

と、グラス片手につぶやいてみる。

英次は、四十歳になったばかりである。翔太の年齢の二倍が二十歳なら、その二倍が自分の年だ。ずいぶん長い道のりだったような気もするし、二十歳から一足飛びに不惑と呼ばれる年になったような気もする。

論語に「四十にして惑わず」とあり、孔子は、「自分は四十のときに狭い見方にとらわれることなく、心の迷いがなくなった」という趣旨の述懐をしている。

――俺は、四十にしてまだ惑っている。心の迷いだらけだな。

英次は、そう思って自嘲ぎみに笑った。仕事でも迷っていれば、家庭でも迷っている。迷いっぱなしだ。

二十代のころ、人生の大事な岐路において、どちらの道を選ぶか迷ったときがあった。なぜ、あのとき、彼女に結婚を申し込まなかったのか。なぜ、彼女と別れたのか。そして、なぜ、いまの妻と結婚したのか。

由紀江は悪妻というほどではないから、結婚自体は後悔していない。結婚なんてこんなものだろうとも思う。が、由紀江と結婚する前に出会っていた女性とあのとき結婚していたら、自分の人生はどうなっていただろう、と想像することはある。

――彼女なら、俺の雑学を喜んで聞いてくれたのに。

心配性で愚痴が多く、笑顔の少ない妻と接していると、向上心に燃えた別れた彼女の弾けた笑顔が、重みを増して胸に迫ってくる。

英次の誕生日のちょうどひと月後が、彼女の誕生日だった。

――彼女は憶えているだろうか。

英次の脳裏に、十五年前に別れた女性——三枝万理《さえぐさまり》の顔が思い浮かんだ。

3

「終わったね」

と、三枝万理は、出窓の前にいる母親の奈美子《なみこ》に言った。

「そうね」

奈美子はそう受けると、出窓越しに秋空を仰いだ。奈美子の母親、すなわち、万理の祖母の四十九日の法要を終えて、自宅に戻ったところだった。

納骨が済み、祖母の魂は天に召されていったのだろう。万理は、放心状態でいる奈美子の横顔を見ながら、そんなふうに思った。孫娘の目から見ても、良好な関係が築かれた仲のよい母娘だった。二人が口論したところなど見たことはなかったし、母は祖母に対してときどき敬語さえ使っていた。

「おばあちゃん、九十一歳だったんだもの。大往生だよ」

慰めにはならないとわかっていたが、万理はまた声をかけた。

「そうよね、大往生よね」

自分に言い聞かせるように言ってうなずくと、奈美子は万理へと顔を向けた。「子供にとって母親の存在は、とてつもなく大きいものなのね」

「そうかもしれない」

その言葉は、ストレートに万理の心に突き刺さった。

アラフォーで独身の万理である。子供を諦める年齢も近づいている。自分は母親にならないままに、将来、年老いた母親を失う可能性が大きいのだと考えたら、すまないという気持ちと同時に何とも言えない寂しさがこみあげた。

「おばあちゃん、ひ孫を抱きたかったかもね。不甲斐ない孫でごめんなさい、ってちょっと遅いかもしれないけど、あやまっておくわ」

万理は、祖母の写真が飾ってある和室に行き、手を合わせた。父方の祖父母が亡くなったときに購入した洋風の簡易仏壇がチェストの上に置いてある。奈美子は義父母と同居していたわけではなかったが、自宅にも仏壇がほしいと言って購入したのだった。そこに、二年前に亡くなった奈美子の父親に続いて、今回、奈美子の母親の遺影も並べられた。万理は、父方と母方と四人の祖父母を亡くしたことになる。そんな年齢に自分が達していたと改めて気づき、たまらない焦燥感に襲われた。

「おばあちゃん、孫娘のあなたをすごくかわいがっていたわね。かわいかったからこそ、あなたの意思を尊重していたのよ」

居間に戻ると、ソファに場所を変えていた奈美子が言った。

「どういう意味？」

「結婚を急かしたりはしなかったでしょう？」

「ああ、まあね」

合点はいったが、どこそこの誰にひ孫が生まれた、などという話を母としていた亡き祖母の姿を思い出すと、万理はやっぱりちょっと罪悪感に近いものを抱いた。

「もう一人でも大丈夫、充分自立して生きていける。そう思ったんじゃないかしら」

「お母さんはどう思ってるの？　わたし、来月で四十よ。自分の娘がずっと結婚しないいまでも平気？」

その祖母が亡くなったいま、万理は、はじめてきちんと母親と向き合ってみる気になった。

「それは……」

奈美子は、小さく苦笑した。「いい人が現れてくれれば、と思うけど、これぱっかりは縁の問題だし。あなたがいま、仕事が楽しくてたまらないのならそれでいいんじゃないの？　お母さんは、昔と違って女性の生き方にもいろいろあっていいと思うわ。結婚して、子供を産み育てるだけが女の生き方じゃない。万理が仕事に生きるつもりなら、お母さん、応援するわよ」

「そう」

万理は、肯定的な言葉とは裏腹に、奈美子の表情が陰っているのが気になった。

いま仕事が楽しい、というのは事実だった。

大学の家政学部に入って学問にめざめた万理は、被服材料学や染色加工学を極めるために大学院に進んだ。その知識は卒業後に就職した大手スポーツ用品メーカーで生かされており、現在は研究者として陸上競技に使われるウエアの素材の開発に携わっている。狭いながらも自分用のマンションも五年前に都内に購入し、そのローンを毎月滞りなく払っている。もっとも、マンション購入時には、両親から資金援助をしてもらった。健康にさえ気をつければ、定年までいまの仕事を続けられるだろう。いまの生活に不満や不安はない。むしろ、結婚によって自分のペースで維持されてきた生活が壊されることへの不安のほうが大きい。

「で、お母さんはどうなの？　どう考えてるの？」

表現を少しだけ変えて、質問をぶつけてみた。

「どうって？」

「お父さん、完全年金生活者になったわけでしょう？　でも、お父さんは六十七歳、お母さんは六十五歳。二人ともまだ若いわ。これからどうするつもり？」

万理の父親の洋輔《ようすけ》は、正社員として大手電力会社で定年まで勤め上げ、定年後に勤めた会社も先月退職している。

「お父さんは、家でゆっくり過ごすつもりらしいわ。会社員時代の仲間の中には、警備員のアルバイトをする人や法律事務所から声がかかる人もいるみたいだけど、お父さんはそういう仕事はやりたくないって……」

答えながら、母の表情がまた曇ったように見えたので、やりたくないというより、声がかからないのだろう、と万理は察した。洋輔は、ひとことで言えば実直な仕事人間だった。昔から寡黙な男で、人づき合いもいいほうではない。明るい性格で話し好きな奈美子がいて、家庭のバランスがとれているようなところがあった。

万理より一つ年上の兄が結婚して家を出たのが、七年前。それまでは、万理がおしゃべりな上に、兄も快活で社交的な性格だったので、洋輔が黙っていても家の中が暗く感じられることはなかった。

――わたしが一人暮らしを始めてから、この家に両親二人きり。この夫婦はどんな会話を交わしているのだろう。

万理はときどき不思議になって、奈美子に聞いてみるのだが、「あら、普通よ」と、軽く返されるだけなのだ。

「うわさをすれば何とやらね」

そこへ洋輔が現れて、万理は小声で奈美子にささやいた。

「あなた、お茶でもいれましょうか？」

と、奈美子が席を立って台所へ行く。

「お酒は抜けた？」

と、万理は洋輔に聞いた。

ごく身内で執り行った昼からの法事会食の席で、久しぶりに奈美子の二人の弟と顔を合わせた洋輔は、あまり飲めない体質なのに、勧められるままに日本酒を飲んだのだ。洋輔は、奈美子の亡くなった母親に気に入られていて、「奈美子もまじめでいい旦那さんに恵まれたものね」が祖母の口癖だった。その祖母を偲んで少し飲みすぎたのかもしれない。

帰宅するなり、洋輔は「横になる」と寝室に行った。万理の兄は、法事が終わったその足で、家族と一緒に自宅のある茅ヶ崎に戻って行った。

「ああ」

うなずくと、洋輔は両手で顔を拭いながらソファに深く腰を下ろした。まだ少し酔いが残っているのだろう。

「お父さん、もう隠居生活に入るつもり？」

奈美子がお茶の用意をするのを待って、万理は切り出した。

「何だ、隠居生活って」

と、テーブルに置かれた湯飲み茶碗を持って、洋輔が言った。

「だって、もう仕事をしないんでしょう？」

「それはいいわよ。いままで充分働いてくれたんだもの。ゆっくり老後を送りたい気持ちはわかるわ」

口を挟まないでいる奈美子をちらりと見て、万理は、一度大きく深呼吸をしたあとに言葉を重ねた。「で、今後の二人のことなんだけど、娘のわたしから見てちょっと不安になるのよ。お父さんは、ずっと仕事人間できたでしょう？　家ではほとんど何もしなかった。お母さんがパートに出ていたときもそうだった。でも、これからはそれじゃいけないと思うの。ずっと家にいたら、お母さんの負担になるでしょう？　少しは家のこともしないとね。あるいは、積極的に外に出て行くとかね」

「家にいるな、ってことか？」

小さな怒気がこもった声が返ってきた。父が不機嫌そうな声を出すのはいつものことなので、万理は別に驚かない。

「そんなふうに言ってないよ。家にいても、お母さんの邪魔にならないようにしてね、って意味。たとえば、お母さんが朝から用事で出かけるときに、お昼ご飯の用意までさせないようにしてね」

「ああ」

洋輔は黙っている。身に憶えがあるせいだろう、と万理は思った。奈美子が、自分の母親の介護で茨城の実家に通っていたときは、家の中のことがおろそかにならざるをえなかったが、そんなときも洋輔は流しに汚れた皿をためたままでいた。週末、片づけのために万理が自宅に通ったものだった。

「お父さん、何か趣味はないの？」

沈黙が「ない」という答えを表していた。

「たとえば、そう……話し方教室に通うとか、読み聞かせの会に入るとか」

口にしてから、まさにいい思いつきだと万理は悦に入った。「だって、お父さん、口数が少なすぎだもの。話すのが億劫なら、まずはお腹から声を出すところから始めたらいいんじゃないか、と思ってね」

「ふざけるんじゃない」

「ふざけてなんかいないよ。わたしはただ、お父さんとお母さん、どんどんおしゃべりし合って、これから楽しく暮らしてほしいだけなの」

洋輔が反応するかわりにそばにあった新聞を取り上げたので、万理は深いため息をついた。「ホント、お父さんったらしかめ面ばかりして。それじゃ、お母さんに愛想を尽かされるわよ」

「早めに風呂に入る」

またもやそれには答えずに、洋輔は逃げるように腰を上げた。廊下に出ようとしたが、ふと振り返って、「あれ、もう見たか？」と、奈美子に向かって顎をしゃくった。

「ああ、ええ、いちおう」と、奈美子が応じる。

「あれって何?」

洋輔がいなくなってから、万理が奈美子に確認すると、「これよ」と言って、奈美子がチェストの引き出しから旅行のパンフレットを取り出した。

「東南アジア十都市を巡るクルーズツアー?」

豪華客船らしき写真が刷られた表紙を見て、万理は声を上げた。「二人でこれに行くの?」

「いきなり、お父さんが持ってきたのよ」

「お母さん、船は苦手じゃなかった?」

以前、景品で当選した東京湾クルーズに友達と参加したとき、船酔いがひどかったと聞いた憶えがある。

「世界一周クラスの豪華客船なら、まったく揺れないんですって」

「へーえ、そうなの。でも、お母さん、海外旅行するならヨーロッパがいい、って言ってたでしょう?」

シンガポールからタイ、ベトナム、カンボジア、香港と巡る旅程を見ながら、万理は言った。

「まあね。これは、お父さんが勝手に決めたのよ」

「行き先も？」

「ええ」

「ヨーロッパにしたい、って言えばよかったじゃない」

「お父さん、クルーズが好きだから、最初は東南アジアがいいんだとか。まあ、どこでも同じかも」

「どこでも同じって……」

奈美子の口調に諦観のようなものが混じっていたので、万理は気になった。「お父さんと行くならどこでも同じ。そういうこと？」

「まあ、そうね」

ふう、と息を吐くと、奈美子は、ため息の延長のように言葉を重ねた。「どこへ行こうと、家の中の空間がそっくり移動するだけのことだから」

「だけど、旅に出れば、ホテルに泊まったりするわけだから、ご飯を作らなくてもいいし、ベッドメイキングをしなくてもいいでしょう？」

「そういうのはね」

「お父さんと旅行しても楽しくないとか？」

その質問には、奈美子は困ったように眉を寄せただけだった。

「わたし、結婚したことがないからわからないけど、夫婦ってどんな感じなの？　お母さんにとってのお父さんってどういう存在？」

「それは……」

そこで言葉を切ってから、奈美子は、「お父さんにとって、お母さんは空気みたいなものかもね」と、立場を入れ替えて言った。

「空気か。まわりにあって当然。それがなくては生きていけない。でも、あるのが当然だから、ありがたみを感じなくなる。そういう存在？」

万理が自分なりに解説すると、奈美子はあいまいに首をかしげた。

「お母さん、お父さんにもっと自己主張をしたら？　言いたいことを言えばいいのに」

少なくとも、自分の両親が兄たち夫婦のように言いたいことを言い合える関係でないのはわかる。

「長年積み重ねてきたものがあるからね。一朝一夕に、ってわけにはいかないのが夫婦なのよ」

ことわざを使って総括されると、結婚したことのない、このまましない可能性が大の万理は何も言えなくなる。

「だけど、海外旅行はいいわね。クルーズも楽しいかもね」

と、その場の空気の流れを変えるように、奈美子がパンフレットを娘の手から取り上げた。ページを開いて見入る。「いちおう、パスポートは取ったのよ。船の中で過ごす時聞って長いみたいだから、ゲームをしたり、コンサートを聴いたり、ダンスをしたり、いろんな遊びに興じられて楽しいかもね」

――お母さんは、基本的にはお父さんと旅行してもいいと思っているんだわ。

奈美子の目に輝きが宿ったように見えたので、万理はそう受け取った。

――あの人とあのとき結婚していたら、わたしたちはどんな夫婦になっていたかしら。

万理の記憶は、十五年前に巻き戻された。

過去に一人だけ、結婚を考えた人がいた。大学時代に知り合い、交際を続けていたが、相手が先に就職し、すぐに大阪赴任が決まった。万理が大学院に進んだことで、遠距離恋愛の形になった。休みのたびに彼は大阪から上京し、何度かデートを重ねたが、社会人と大学院生、徐々に生活リズムや価値観の違いが大きくなっていった。

あるとき、どんな話題の最中だったのか、忘れてしまったが、たぶん、恋愛映画を観たあとだったのかもしれない。

「遠距離恋愛ってむずかしいみたい。なかなか長続きしないとか」

なぜ、あんなセリフを口にしてしまったのか。とにかく、万理はそう言ったのを忘れずに憶えている。そして、そのあと、相手の様子がおかしくなったのだった。あの言葉を自分を拒絶する言葉と受け取ったのかもしれない、とあとで万理は思った。

次回の上京予定の前に「仕事で行かれなくなった」と電話があり、その次の予定も流れて、関係は自然消滅した。最後まで明確なプロポーズがないままの別れだった。

——彼……塚本英次はいま、どうしているかしら。

大学時代の友達から仕入れた情報で、「職場結婚して、子供もいる」ことはわかっている。その後、東京に転勤になったということも。

——彼は、あの「約束」を憶えているだろうか。

万理自身は忘れずにいる。しかし、だからといって、すでに家庭のある彼が十五年も前の約束にこだわっているとは思えない。「遠距離恋愛ってむずかしいみたい。なかなか長続きしないとか」という例の言葉を口にする前だった。休日に彼が上京し、夕方までともに時間を過ごしたあと、新幹線で帰る彼を見送るときに、「もうすぐ君の誕生日だね」と、彼がぼそっと言い、「十五年後、ぼくたちどうしているかな」と、唐突な感じで話の穂を継いだのだ。

「十五年後って、お互い四十歳だね」

「そうだね。不惑、か」

と、英次は、感慨がこもった声で受けると、不惑の意味について論語を引用して説明した。雑学に強い男だった。役に立つ雑学も、「ゴッホが生きているあいだに売れた絵は一枚だけ」とか「くしゃみの速度は時速三百キロ以上」というような愚にもつかない雑学もあったが、すべての雑学が万理の耳には心地よく楽しく響いた。

「そのころ、わたしたち、一緒にいるかもしれないし、いないかもしれない」

「そうだね」

また同じ言葉で受けた英次の歯切れの悪さに、そのとき、万理は苛立ちを覚えた。「不惑の年に君と一緒にいたい。一緒にいようよ」と、本音では言ってほしかった。しかし、そう言い出さないで、判断を女の万理に委ねるような態度に腹が立ったのだった。

しかし、それは、塚本英次という男のやさしさだったといまなら理解できる。万理は当時、大学院生で、研究者をめざしていたのだ。将来、自分の人生に彼女が合わせてくれるはずがない、と彼は悟っていたのだろう。

シンガポールからの連想で、上半身がライオンで下半身が魚の有名なマーライオンの像が脳裏に浮かんだ。

――あのね、マーライオンのマーはフランス語のｍｅｒで、海を表しているんだよ。シンガポール近くにあった、かつて栄えた都市の名前にちなんでつけた名前だというよ。

いつだったか、デートの途中で英次が披露してくれた知識だった。

「英次さんって何でもよく知ってるのね。雑学博士みたい」

「雑学は雑学で、純粋な学問じゃないんだよな。博士にはなれない」

「学問じゃなくてもいいじゃない。聞いてて楽しいもの。じゃあ、雑学王にしてあげる」

「雑学王か。それ、いいね」

若かった二人。そんなふうに交わした会話が、万理の頭の中で再現された。

4

三鷹駅を降りた塚本英次は、目的の公園に向かって歩いていた。

「不惑の年に、ここで再会しようか。たとえ、そのとき、二人がどんな人生を送っていようと」

「どんな人生を送っていようと？」

若い二人が交わした会話が、英次の頭の中によみがえる。あのとき、「どんな人生」と言われて想像した人生は、ふたとおりあった。三枝万理と結婚しているパターンと、彼女とは違う女性と結婚しているパターン。なぜか、誰とも結婚せずに独身でいる自分は想像できなかった。

いま思えば、彼女は、もっと押しの強い男を求めていたのではなかったか。「結婚しよう」という言葉を待っていたのかもしれない。だが、あのとき、英次は言い出せなかった。彼女がつねに自分の数歩先を進んでいるように思えて、気後れしていたせいかもしれない。コンプレックスと弱さを抱えた自分がいた。その後、学歴面で引け目を感じなくてすむ年齢も下の由紀江と職場で出会い、結婚を決めた。

万理は、俺に強く出てほしくてあんな提案をしたのかもしれない、といまになって英次は思う。

「それ、おもしろいね」

と、いちおう英次は賛成して、こうつけ加えた。「不惑の年なら、もう迷いもなくなっているだろうね」

「そうだったらいいね」

別れを予感させるような会話だった。

「忘れないように、わたしの誕生日にしようか。わたしの四十歳の誕生日、この公園のこの場所でこの時間」

万理がそう言ったとき、英次の腕時計は午後三時を示していた。

しかし、いまはまだ昼の十二時だ。約束の時間まではまだ三時間もある。早く行って、気持ちを落ち着かせるためにあちこち散歩して、時間を潰すつもりでいた。それにしても、不惑の年の彼女の誕生日がちょうど休日にあたったとは、天の啓示かもしれない、などと英次は考えた。

万理に再会できたとして、その後どうするか……。そこまで深く考えてはいない。ただ、惑うことの多い日常に何らかの答えが出るかもしれない、という淡い望みを持っているだけだ。

公園までの下り坂を歩きながら、当時の街並みをまるで記憶していない自分に英次は驚いた。あのころは、彼女との話に夢中で、まわりの景色など目に入らなかったのだろうか。

——英次さん？

ふと、誰かが自分を呼んだ気がして、英次は足を止めた。振り返る。誰もいない。空耳か。女性の声だったように思う。女性の声だが、記憶の片隅に棲みついている若い万理の声とは違う。現在の妻、由紀江の声に似ていた。

前に向き直ったとき、後ろから轟音が響いてきた。ハッとして一歩あとずさりをした。黒い塊が英次のすぐ脇をすごいスピードで通り抜けて、目の前に突っ込んできた。黒い乗用車だった。鈍い衝突音がして、通行人が撥ね飛ばされた。乗用車は急カーブを描くと、道路脇の住宅の塀にぶつかって止まった。

英次の足は、その場に凍りついた。が、それも一瞬で、すぐにすべきことに思い至った。事故現場に駆けつけると、近所から住人が何人も出てきて、すでに「救急車呼んで」という声も上がっている。運転手は乗用車の中でハンドルに顔を伏せてぐったりしているように見え、撥ね飛ばされた男女は若いカップルのようだった。男性は起き上がり、横たわった女性の名前を必死に呼んでいる。女性は腕や足から血を流してはいるが、意識はあるようで、低くうなっている。

それから先はドラマを見ているようだった。思ったより早く救急車とパトカーがきて、怪我人の女性を担架で運んで行った。最初一重だった人だかりは、気がついたら三重くらいになっていた。警察官がまわりの通行人に何か尋ねている。

そこに及んで、英次は青ざめた。あのとき、足を止めなかったら、乗用車は自分めがけて突っ込んできたのではなかったか。足を止めたのは、誰かに呼ばれた気がしたからで、その声は由紀江の声に似ていた……。

――妻が俺を助けてくれたことになるのか。

たとえ、罪悪感が産んだ空耳だったとしても、事故に遭わず、危機から救ってくれたことに変わりはない。

それこそ天の啓示かもしれない、と英次は思い、安堵で胸を撫で下ろした。

事故があったその時間、この場所にいたことが家族に知られてはまずい。急激に自己保身の気持ちが高まった。

英次は、そそくさと踵を返した。

5

「四十歳、不惑か」

と、三枝万理は、鏡を見ながら、自嘲的な気分で声に出してみた。三十九歳と四十歳では大きな違いがあるように思っていたが、肉体的には少しの変化もない。

万理は、facebookもツイッターもやってはいない。だが、何人かのLINE友達からは「誕生日おめでとう」のメッセージやスタンプが届いた。「おめでたくはないけどね」と、また自嘲ぎみにひとりごとを言ってみる。

四十歳の誕生日がちょうど休日にあたり、万理は、一人で自宅マンションで過ごすことを選んだ。

「悪いけど、あなたの誕生日にお母さん、家をあける予定なの。ごめんね。祝ってあげられなくて」

と、何日か前に母から電話がかかってきていた。

「いいよ。いまさらお祝いするような年じゃないし。わたしも忙しいから、仕事になるかもしれない」

そうは返したものの、休日出勤の予定などはない。

——英次さんは、あの約束を憶えているかしら。

万理は、壁の時計を見た。オフホワイトの壁紙に合うグリーンの掛け時計は、マンションを購入したときに、ほかの家具と一緒に選んだものだった。

午後一時。約束の時間まであと二時間。いま家を出れば、まだ間に合う。

——でも、家庭を持っている彼があの公園に来るはずがないよね。

万理は、淡い希望を追い払うためにテレビをつけた。すると、テレビ画面にまさにいま脳裏に刻んだばかりの地名が流れた。英次とのデートで何度か通った公園の近くだ。

「ただいま入ったニュースです」

と、男性アナウンサーが前置きしてから、その公園近くの道路で乗用車が運転をあやまり、通行人を二人撥ねた、うち女性一人は足を骨折する怪我を負い、救急車で病院に運ばれたが、命に別状はない、という内容を告げた。

「まさか……」

英次さんが、などと想像してしまったが、そんなはずはない、と即座に打ち消した。たとえ、彼が約束どおりに公園に向かったとしても、女性と二人連れであるはずがない。いや、カップルとはかぎらない。別々に歩いていた二人が撥ねられたのかも……。

いろんな想像が脳裏を巡ったが、どう考えても塚本英次のはずがない、という結論を導き出すことにした。時間が早すぎるし、何となく撥ねられたのは若い二人という気がしたからだ。当時もいまもあの公園は若者のデートスポットである。

十五年前、英次は携帯電話を持っていて、万理は連絡用に番号を教えてもらっていた。別れてから、いつのまにかその番号も忘れてしまった。万理はといえば、会社の仕事で使う携帯電話しか持っていなかった。

どうしても未練があったのなら、連絡がこなくなった直後、いくらでも自分から電話をする機会はあったはずだ。それをしなかったということは、〈彼とは縁がなかった〉とみなしたのと一緒ではないか。

——わたしたちは、一緒になる運命になかったのだ。

そんな二人が、不惑の年に再会して何になるというのだろう。相手は妻帯者なのだし。十五年前の愚かな発案を、万理は頭を大きく振ることで払拭した。四十歳の誕生日に公園近くで事故が起きたことも、〈再会しないほうがいい〉という暗示に思えた。

そのとき、携帯電話が鳴った。もしかして、とまた淡い期待を抱いてしまった。が、流れてきた声は、父親のものだった。

「お母さん、そっちに行ってないか?」

いつもの不機嫌そうな声に怯えの色が混じっている。

「ううん、きてないけど。どうしたの?」

「いないんだ」

「ああ、どこか出かけるとか言ってたんじゃないかな。わたしの誕生日には家をあけるって」

「おまえの誕生日……なのか」

父親の声がその瞬間、惚けたようになった。

「そうだけど、それはまあいいよ。で、どうしたの? お母さんがいないと、お父さん、困るの？」

「いや……パスポートがないんだ」

「お母さんの？」

「ああ。金も引き出されてる」

「何のお金？」

「クルーズ代金だよ。旅行会社に払う予定のものだ」

「お母さんが振り込んだんじゃないの？」

「違う。金額が違うし、それに……とにかく、こっちにきてくれ」

叫ぶような声のあと、電話は切られた。

——どうしたのかしら。

何かおかしい。胸の高鳴りが強まっていく。

したくをして部屋を出、エントランスの脇の郵便受けをのぞいて、万理はぎょっとした。宛名が母の字と思われる白い封書が入っている。切手が貼られていないから、直接ここに届けたということだ。

尋常でない事態を、全身の皮膚が感じ取った。

書きますね。

6

万理、驚かせてごめんね。この手紙は、「お母さん」をやめて、「わたし」を主語にして書きますね。

母の四十九日法要のあと、万理に「子供にとって、母親の存在はとてつもなく大きい」と言ったけれど、本当にそのとおりなのです。

わたしは、いい子でいるのをやめようと決意しました。決意したきっかけは、そのとてつもなく大きな存在の母——あなたのおばあちゃんがこの世を去ったからです。もうわたしを縛る存在はいなくなりました。

母が嫌いだったわけではありません。でも、好きだったとも言い切れません。

わたしはずっと、母にとってのいい子でいようと演技をしてきたのです。長女として育ち、弟二人のうち一人は身体が弱かったこともあり、幼いころから家の手伝いをあたりまえのようにさせられました。手伝いそのものは嫌いではなかったけれど、弟たちを溺愛し、かかりきりになる母を見ていると寂しい思いが拭えませんでした。弟たちとけんかしてもいつもわたしが諌められ、ほしいものがあっても「あなたはお姉ちゃんでしょう?」と我慢させられ、心から甘えることもできません。

本当は大学にも行きたかったけれど、「男の子は将来がかかっているから」と、母は父の意見に従い、行かせてもらえませんでした。黙っていても進学を認めさせるくらいの成績をとっていなかったわたしも悪いのですが。そして、「女の子のあなたにはまじめでいいお婿さんを探してあげる」と言い、母はあちこちつてを頼ってあなたのお父さんを見つけてきました。お父さん――三枝洋輔は、母の知人の紹介です。

自分の娘の結婚相手探しに奔走した母が、なぜ、孫娘の万理の結婚には興味を示さなかったのか。それは、娘と孫娘との違いがあったのかもしれないし、あなたの優秀な才能に敬意を表していたからかもしれません。

わたしは、夫の両親と自分の両親、四人を見送りました。息子は所帯を持ち、娘は研究者になり、二人とも自立を果たしました。

母の敷いたレールを従順に歩んできたわたしも、その母の死を機に、そろそろ自分の好きなことをしてもいいのではと考えました。

お父さんが「クルーズ旅行に行こう」とパンフレットを持ってきたとき、わたしはドキッとしました。母の介護に実家に通っていたとき、中学校の同級生と偶然再会したのですが、その同級生と旅行の話で盛り上がったあとだったからです。

その同級生のAさんは、一昨年奥さんを病気で亡くし、いまは一人暮らしです。子供たちはみんな独立したそうです。

Aさんは旅行好きで、奥さんが亡くなった寂しさを旅行で紛らわせるべく、いろんなところに出かけているのだとか。いまは、一人で参加できるツアーがあって、リピーターも多いのだそうです。

実家に通うたびにAさんと会うようになって、ツアーの体験談を聞く機会も増えていきました。Aさんはとても話し上手で、旅のみやげ話を身振り手振りを交えて語ってくれる笑顔のすてきな人です。

聞いているうちに、ああ、この人と一緒に旅行をしたらどんなに楽しいだろう、と思えてきました。

お父さんとのクルーズツアーを想像してみてください。家の中の空気がそっくりそのまま船の中に運ばれていくだけですよ。話しかけても、聞いているのかいないのかわからない。うんともすんとも言わない。一度「聞いてるの？」と聞いたら、声を出すのも疲れるというふうに、首を縦に動かしただけ。そんな仏頂面の男とシンガポールや香港に行っても、楽しいはずがありません。

女同士、わたしの気持ちをわかってね、と娘のあなたに言うつもりはありません。でも、あなたにわかってもらえなければ、お父さんには絶対にわかってもらえないでしょう。

これから、「一人参加限定・中欧三か国巡り」ツアーに出かけるところです。お父さんには内緒で申し込みました。もちろん、Aさんも別途申し込んでいます。

旅行から帰ってどうなるか。覚悟はできています。離婚届も用意しています。Aさんは、「君が初恋の人だ」と言ってくれました。「いつでも君を迎える準備ができている」とも。

それでは、行ってきます。

*

驚きを通り越して、万理はひたすら呆れていた。

――お母さんは、本当に、お父さんに愛想を尽かしちゃったんだわ。

お父さんには何て言えばいいのだろう、と万理は大きなため息をついた。こんなふうになる前に何か採るべき対策もあっただろうに。

――もう、結婚って何なのよ。夫婦って何なのよ。

放っておこう、と万理は思った。夫婦の問題だ。娘の自分にはどうすることもできない。呆れながらも、母親の大胆な決断にあっぱれと言ってあげたい自分がいるのにも気づいていた。

――人生、迷うことだらけ。四十歳は不惑の年にあらず。

そんなフレーズが万理の脳裏をよぎった。

著者あとがき

今年二〇一八年で、作家デビュー三十周年を迎えた。わたしの誕生月が五月で、青春ユーモアミステリーとして『両面テープのお嬢さん』(角川スニーカー文庫)が刊行されたのは、一九八八年三月。三十歳でのデビューだった。

大学卒業後、新橋にある旅行会社に入社。二年九か月勤務したのちに派遣会社に登録し、短いときは一日、長いときは九か月くらいの期間で、商社、建設会社、貿易会社、損保会社などに事務兼タイピストとして派遣された。憶えているかぎり、七社回った計算になる。

なぜ派遣職を選んだのかというと、小説を書く時間がほしかったからだ。週に一度、小説講座に通って、習作の短編を書いていた。

講師の作家に長編の執筆を勧められ、何作か書いたうちの一作を第七回横溝正史賞(現在の横溝正史ミステリ&ホラー大賞)に応募したら、候補に残った。それがきっかけで、翌年のデビュー作へとつながったわけだが、二十八歳で書いた候補作(原題は『教育実習殺人事件』で、その後『ソフトボイルドの天使たち』に改題)は自分の目から見ても稚拙で、改稿する気は起こらず、いまだに実家の押入れに眠っている。

三十年のあいだに同業者と結婚し、一児をもうけた。東京から埼玉に引っ越しもした。長野の実家の父親も見送った。

九十歳で他界した父は、「死体にまつわる短編集」の『巻きぞえ』（光文社文庫）を執筆する際に取材に応じてくれた。三十年あまりにわたり警察嘱託医を務め、おもに北アルプスでの遭難遺体の検死に携わってきた開業医の父は、一昨年の秋、午前中の診察を終えたあとに脳出血で倒れ、二か月近く入院したのちに奇跡的に回復して退院した。麻痺の残る身体で自宅療養していたが、退院から三十六日目、大晦日の早朝に息を引き取った。死亡を確認したのは主治医の兄で、瞳孔と脈を確認するその光景は、何だかテレビドラマを観ているようで現実感がわかなかった。

四十八年間続いた内科医院は、父の死によって閉院した。

わたしがミステリー好きになったのは、推理小説好きだった父の影響が大きかったように思う。書斎には光文社のカッパ・ノベルスがずらりと並んでいて、書斎に忍び込んでは一冊ずつ抜き出して読んだものだ。

そんな推理小説好きの父がどれだけ娘の本を読んでいたかはわからない。けれども、たった一度だけ、わたしに「あれはおもしろかったな」と言った本があり、それが父自身がネタの一部を提供した『巻きぞえ』だった。

というわけで、その一冊を棺に入れて天国に送った。

＊

本書には、八つの短編が収録されています。

うち四編は、アミの会（仮）のアンソロジーに書き下ろしたものです。

アミの会（仮）とは、たまに集まっておいしいものを食べたり、お酒を飲んだりしながらおしゃべりをするのが目的で、二〇一五年に結成された（というより、自然発生した）女性作家の会ですが、それだけでは物足りないからと、定期的にアンソロジーを出すことに決めたのです。メンバーは流動的で確定しておらず、アンソロジーにはゲストを招くこともあります。「次はどんなテーマにする？」と企画を出し合う時間が、もしかしたら、執筆そのものよりも楽しいひとときかもしれません。

以下のテーマで四編書き、広い意味でそれと対になると思われるテーマの短編をさらに四編書き下ろして、八編まとまったのが本書です。

テーマ　　　　　　　　　　　　テーマ
「捨てる」（「お守り」）――――「拾う」（「誰かのぬくもり」）
「毒殺」（「罪を認めてください」）――「扼殺」（「思い出さずにはいられない」）

「隠す」（「骨になるまで」）――――「暴く」（「秘密」）

「迷」（「女の一生」）――――「惑」（「不惑」）二冊同時刊行した際、わたしの作品は『迷―まよう―』に収録されたので、今度は「惑」をテーマに書いてみました。

＊

本書は、わたしのオリジナル作品としての九十一冊目にあたります。

三十年間書き続けてこられたのも夢のようですが、九十一冊も書いたとは……感無量で胸が熱くなります。

読者の方々に支えられて、わたしを励ましてくれる編集者に支えられて、ここまで歩んでこられました。この場を借りてお礼を申し上げます。ありがとうございます。

とりあえずは百冊を目標に、無理のないペースで書き続けていきたいと思っています。

二〇一八年二月　**新津きよみ**

光文社文庫

文庫書下ろし&オリジナル／傑作推理小説
誰《だれ》かのぬくもり
著　者　新《にい》津《つ》きよみ

2018年5月20日　初版1刷発行

発行者　鈴　木　広　和
印　刷　慶　昌　堂　印　刷
製　本　ナ　シ　ョ　ナ　ル　製　本

発行所　株式会社　光　文　社
〒112-8011　東京都文京区音羽1-16-6
電話（03）5395-8149　編　集　部
8116　書籍販売部
8125　業　務　部

ISBN978-4-334-77644-2　Printed in Japan

組版　萩原印刷